純喫茶探偵は死体がお好き

木下半太

幻冬舎文庫

純喫茶探偵は死体がお好き

目次

運命よ、そこをどけ。俺が通る。

——マイケル・ジョーダン

プロローグ

十年前
十二月二十五日
静岡県清水市

少年はとても幸せな気分で目が覚めた。

ベッド脇にあるアラーム時計を見る。デジタルの表示が午前六時ちょうどを指している。窓の外はまだ薄暗い。

少年は羽毛布団の中に潜り、胎児のように体を丸めた。なぜ、そんな格好《かっこう》をしたのか自分でもわからない。体が勝手に動いた。

さらなる幸福感が、波のように押し寄せてくる。目を閉じると眩《まばゆ》い光が頭の中に広がった。味わったことのない奇妙な感覚だ。とてつもなく力強くて温かい何者かに抱きしめられているような気がする。

表の通りでボールが弾む音がした。今日は日曜日だ。隣の家の息子が、毎週日曜日にサッカーの試合に行く。彼は、Jリーグのクラブユースに入るほどサッカーが上手《うま》く、将来の日本代表だと近所でも評判だ。

少年は導かれるようにベッドから起き上がり、窓際に立った。隣の家の息子が巧みにリフティングをしている。彼の父親がガレージから車を出すのを待っているのだ。

隣の家のガレージから、ファミリータイプのミニバンが出てきた。運転席で、息子とお揃《そろ》いのウインドブレーカーを着た父親がハンドルを握っている。アメリカのホームコメディの父親役みたいな男だ。いつも、笑顔が嘘くさい。

父親の顔を見た瞬間、少年の頭の中で変化が起きた。眩い光が収まり、代わりにカメラのシャッターが大音量で鳴り響いた。

突然の出来事に少年は怯《おび》え、両耳を塞《ふさ》いでうずくまった。だが、何度も何度も、容赦なくシャッター音が響く。

アラーム時計の横に、クリスマスのプレゼントが置いてあった。少年が両親にねだったポラロイドカメラだ。そっとカメラに手を触れた。どのボタンも押していないのに、次々と写真が吐き出される。

炙《あぶ》り出されるようにして、写真の中に画像が浮き上がってきた。

どれもこれも、おぞましい写真だった。薄ら笑いを浮かべた男が、小学生の女の子たちを犯している。その男が隣の家の父親だと気がつくのに、少しの時間が必要だった。

さっきまで、頭の中で輝いていた光の正体がわかった。

僕に使命を与えてくれたんだ。僕が少女たちを助けてあげなくちゃ。

少年は机の引き出しを開けた。シャーペンやボールペンに埋もれて、ドライバーがあった。

武器はこれか。

もう一度、窓から表の通りを見る。隣の家の息子が忘れ物をしたようで、慌てて家に戻っていった。

今なら、運転席でニヤついている変態野郎を殺せる。ドライバーで首の動脈を突けば終わりだ。

少年はドライバーを握りしめ、自分の部屋のドアを開けた。

第一章　純喫茶探偵　大星真子

1 ナポリタンと一目惚れ

ナポリタンのスパゲッティが食べたい。

大星真子《おおほしまこ》は、突然、井《い》の頭《かしら》線吉祥寺《きちじょうじ》駅の改札で抑えがたい衝動に襲われた。普通の純喫茶で出てくるような、ケチャップと油がギトギトで、食べ終わったあとに口の周りがテラテラになるナポリタンをどうしても食べたい。

しかし、問題があった。

お金がないのだ。独身三十歳。訳あって求職中なのである。

無職のため外食はできない。たとえそれがおよそ七、八百円のナポリタンスパゲッティであってもだ。ちゃんと自炊のためにご飯を炊いてきたではないか。家賃も物価も高いし二匹の愛猫の餌代《えさ》もバカにならないし。真子は身長一四五センチと小柄なのに、すぐにお腹が減ってしまうのが悩みだった。

贅沢《ぜいたく》は敵だ。宮城県から出てきて一ヶ月。とにかく、東京暮らしは金がかかる。

やっぱり、このまま真《ま》っ直《す》ぐ家に帰ろう。

だが、家までの帰り道、「へーえ、こんな所にレトロな喫茶店があるんだ」と前から気になっていた《純喫茶デスティニー》のドアを、無意識に開けてしまった。カランコロンとドアベルが小気味いい音を鳴らす。

私は、何て意志が弱い女なんだ……。

無視して通り過ぎるつもりだったのに、ショーウィンドーのナポリタンのサンプルが横目に入ってしまい誘惑に負けた。フォークが麺《めん》を絡めて宙に浮かんでいて美味《おい》しそうだったから仕方がない。恐るべし、サンプルだ。

今夜だけの贅沢にしよう。そうだ、炊いたご飯は、明日の朝食べればいいんだ。たしか、冷蔵庫に納豆があったはずだし。

「いらっしゃいませ」

自分に言い聞かせながら店に入ると、カウンターの中からマスターが声をかけてきた。その瞬間、ナポリタンのことはどうでもよくなった。

年齢は三十代後半だろうか。細身ですらりと背が高い。クールだが少年の面影が残っている。軽く伸ばした髪に不潔にならない程度に伸ばした髭《ひげ》。薄い唇。

真子のタイプのど真ん中だ。大好きなジョニー・デップを少しショボくした感じで、とにかく渋い。

「一人なんですけど……」

こんなクールな男の前では、恥ずかしくて、とてもじゃないけどナポリタンをがっつけない。

当たりだ。久しぶりに出た。「東京にはロクな男がいない」と嘆いていたが（だからと言って宮城にステキな男がいるわけでもないが）、こんな近くにいたなんて。

「お好きな席にどうぞ」

店内には誰もいない。二人だけだ。心臓がバクバクする。

本当はカウンターに座りたかったが、窓際の席にした。あまりにもマスターがタイプすぎてまともに顔も見ることができない。

「ご注文はお決まりでしょうか？」マスターが水とおしぼりを持ってきた。

決まっていない。ナポリタンでなければなんでもいい。

「……アイスコーヒーで」真子はメニューから顔を上げた。

そのとき、初めてまともに目があった。

「あっ」マスターの手から水の入ったグラスが落ちる。

グラスが割れ、床が水浸しになった。それでもマスターは真子の顔を凝視したまま身動きもしない。

「あの……」マスターが震える唇で何かを言おうとするが、言葉が続かない。

「どうしたんですか？」

「失礼しました……あまりにも知人に似ていたもので」マスターが慌てて目を伏せ、割れたグラスを片づけはじめる。

なんだ、今の反応は？　強烈な一目惚《ひとめぼ》れか？　それにしてはリアクションが過剰な気もするが、もし、恋のチャンスだとすれば逃すわけにはいかない。ノンビリと構えてはいられない年齢なのだ。

決めた。この店に通う。


一週間、毎日、コーヒーを飲みに来た。

真子は、今日もいつもの窓際の席に座り、持参した小説を広げた。《純喫茶デスティニー》には新聞や雑誌類がない。木彫をベースとした昭和な雰囲気と淹《い》れたてのコーヒーと手作りドーナツがウリの店だ。居心地は悪くないが、あまりにも手持ち無沙汰《ぶさた》で、小説でもないと間がもたない。

ただ、この小説のチョイスが悩ましかった。ブックカバーをつけて読めば無難なのだが、それじゃあ、あまりにもアピール不足だ。

前の仕事（先月クビになった）では、イケイケで怖いもの知らずだったくせに、恋になると途端に臆病風《おくびょうかぜ》が風速百メートルで吹き荒れる。自分から話しかけるなんて、死んでもできない。

真子はとにかく女としての自分に自信がなかった。チビな上に貧乳。そのくせ尻《しり》はデカいし、足も太い。顔は愛嬌《あいきょう》があるほうだが決してクールな美人ではない（たまに、高校生と間違われる）。タレ目なせいか、かなり高い確率でアライグマに似ていると言われる。小学校のときのあだ名は《ラスカル》だった。

だからこそ、小説は最適なイメージアップアイテムだ。「へーえ。最近よく来るあの子、あんな本読んでいるんだ」と相手に思わせることができる。

ブックオフで色々、悩んだ結果、『ガープの世界』にした。

「ごゆっくりどうぞ」マスターが、アイスコーヒーを置いてカウンターに戻っていく。

この一週間、マスターの接客に特別変わった様子は見られない。出会ったときのあの反応は一体何だったのだろう。

「へーえ。アーヴィングなんか読んでるんだ」

いつのまにか、制服姿の女子中学生がテーブルの向かいに座っていた。頬杖《ほおづえ》をついて大きな目をクリクリとさせている。

「こらっ。キリコ」マスターが女子中学生を叱《しか》った。

真子は驚いて、コーヒーカップを落としそうになった。

よ、呼び捨て？　どういう関係なのよ？　妹にしては歳《とし》が離れすぎているし……。まさか、ロリコンではなかろうな。

「はい、はーい」キリコと呼ばれた女の子が、エプロンを着けてカウンターの中に入る。

ちょい、ちょい、ちょい！　どこに入ってんだよ！　バイト？

「すいません。娘がご迷惑をおかけしまして」マスターが苦笑いを浮かべ、真子に頭を下げた。

む、娘……。

早くも失恋のドラが鳴った。

結婚なさっていたのですね……。早く言えよ。せめて、薬指に結婚指輪をはめていてくれよ。一週間分のコーヒー代と本代を返して欲しい。こっちは無職で金欠なんだってば。

真子は、帰ろうと立ち上がった。と、そのとき、

「あれ？　お客さんがいるよ。珍しいね～」

常連らしき中年男性が店に入ってきた。顔が赤く、息が酒臭い。千鳥足で近づいてくる。

真子のすぐ横まで来ると、テーブルの脚に躓《つまず》いた。

「おっとっと！」

倒れまいとしてふらつき、中年男性は傍《そば》にいた真子にしがみついた。

勝手に体が反応していた。

中年男性が宙を舞い、店の床に叩《たた》きつけられた。

しまった。また、背負い投げをかけてしまった。

一ヶ月前に、暴力団から賄賂《わいろ》を受け取っていた上司の警部補を投げ飛ばして、クビになったばかりだというのに。

大星真子。三十歳。独身。柔道二段。宮城県警捜査一課の元刑事。現在、ニート。柔道は黒帯だけど、恋愛は白帯である。

2　ブックオフでの勧誘

真子は失意を胸に、ブックオフ吉祥寺駅南口店のレジに並んでいた。

一週間前にこの店で買った『ガープの世界』を、再び売り飛ばすためだ。

昨日はやってしまった。今、思い出すだけでも恥ずかしくて、顔から火が出そうになる。

条件反射とはいえ、一般人を投げてしまった。あの酔っ払いは《純喫茶デスティニー》の常連客だったらしい。

もう二度と、あの店には行けない。行くつもりもないけど。こんなことならナポリタンを注文すればよかった。

何が娘だ……。

とにかく、真子は昔から男運がない。付き合った男は二人だけ。一人目は大学生の新入生歓迎コンパで知り合った男（後《のち》に二股《ふたまた》をかけられていたことが判明）と刑事になってすぐに友だちに紹介された男（後に重度のマザコンだと判明）。二人とも記憶から消し去りたい。

思わず、ため息が漏れる。恋愛経験が浅いことが何よりもコンプレックスだ。刑事時代は仕事に精一杯で、色恋沙汰について考えている暇はなかったが、無職だと独り身なのが骨身に沁《し》みる。心機一転を図って東京に出てきたことがそもそもの間違いだったのだろうか。

レジの順番が次、というところまできたときだった。

「ねえねえ、アンタ、パパに恋しているでしょ」唐突に、後ろから声をかけられた。

振り返ると、そこに制服姿の女子中学生がいた。昨日、《純喫茶デスティニー》にいた娘……。

確か、キリコだ。

この子、気配を消せるの？　至近距離に近づかれたのを気づかなかった。

よく見ると可愛《かわい》い。黒髪でロングヘアー。前髪をぱっつんと切り揃えている。大きな目が、ディズニーのアニメに出てきそうなリスを思わせた。

ラスカルとはえらい違いね……。中学生相手に嫉妬《しっと》する自分が嫌になる。

「一目惚れしたでしょっ！　認めなさいよ。往生際の悪い」キリコが、レジの前で大声を出す。

「ちょい！　声がデカいって！」

何なんだ、このガキは？

「じゃあ、認めるってこと？」

ブックオフの店員や客の視線が、真子に集まる。恥ずかしすぎる。生き恥だ。

真子は、早足でレジから立ち去ろうとした。

「諦《あきら》めないで。ママは、五年前に病気で死んだから」

キリコの言葉に、真子は足を止めた。

「えっ？　今、何と？」

キリコは両手を細い腰に当て言った。「パパは独身ってわけ」

復活のドラが鳴った。

亡くなった奥さんには申し訳ないけど……ラッキー！

真子は、嬉《うれ》しさのあまり、ブックオフで立ち読みしている人たちを片っ端から抱きしめたくなった。すぐにそんな不謹慎な考えを抱いた自分が嫌になる。

「パパ、最近、元気ないから、彼女を作って欲しいのよね」

おいおい、話がわかるではないか。

「あなた、名前は何て言うの？」キリコが訊《き》いてきた。

「大星です……」思わず敬語で答えてしまった。中学生相手に何をビビってんだ、私は。

キリコは身長が高い。一六五センチはあるだろう。一四五しかない真子は、キリコの顔を見上げる形になる。顔も小さく手足がスラリと長く、モデルみたいな体型だ。ガキのくせに胸もある。

「フルネームで教えてよ」

完全にキリコのペースだ。若さにプラスして女としての自信があるのだろう。表情と態度に余裕が見え、何も怖くないといった感じだ。

「大星真子」

今度は敬語じゃない。胸を張り、バレない程度に背伸びして年上の女の貫禄《かんろく》を見せる。

「わたし、梶原《かじわら》キリコって言うんだ。よろしくね」キリコが気さくな笑顔で、握手を求めてきた。

「あ、はい」思わず握手を返してしまう。

「パパの名前は、梶原ツヨシ。パパを攻め落としたければ」キリコが手を離した。「わたしの言う事を聞いてよね」

「……お金を払えって言うんじゃないわよね？」

「まさか」キリコはケタケタと笑う。「わたしの代わりにアルバイトに入って欲しいの」

「えっ？……あの喫茶店の？」

思ってもみない提案に、真子は驚いた。あのカウンターの中でマスターと並んでコーヒーを淹れている姿を想像してしまい、顔が熱くなる。

「わたし、部活もあるし彼氏もいるし、喫茶店の手伝いなんかしてる場合じゃないんだよね」

「私もそんな暇ないんだけど……」

「仕事は何やってんの？」キリコが偉そうに腕を組んで訊いた。

「今は、諸事情で……」真子は口をモゴモゴさせた。「就職活動中と言うか……」

「やっぱり、ニートなんだ！」キリコが手を叩く。「ちょうどいいじゃない！　パパの近くにもいれるし、ハイ、決定！」

何て強引な中学生だ。

素晴しい提案だが、喫茶店でアルバイトするために上京したわけではない。

「ゴメンね。飲食店の経験ないし、アルバイトじゃなしに、ちゃんと就職したいから……」

キリコが小悪魔的な笑みを浮かべた。「時給は二千円出すよ」

「本当？」一瞬で気持ちがグラついた。「あの店、そんな儲《もう》かってるの？」

一週間通ったが、客はいつも真子だけだった。

「ううん。全然、暇」

「じゃあ、どうして、そんなに時給が高いのよ？」

「パパの副業が儲かっているから。じゃあ、明日のお昼一時に店に来てね」キリコは真子の返事を聞かずに、ブックオフから出て行った。

……時給二千円。金欠の真子にとっては願ってもない話だ。しかも、隣には惚れた男がいる。もしかしたら、今までの人生分の運が一気に向いてきたのかもしれない。

大星真子。三十歳。独身。男運悪し。刑事時代には、数々の犯罪者たちと対決してきた豪傑だが、とりあえずは、《純喫茶デスティニー》で働くことに決めた。

3　納豆パスタと尾行

《純喫茶デスティニー》は、とにかく暇な店だった。

三日経《た》ってみたところで、常連客は一人しかいない。酔っ払って真子に抱きついてきた、あの中年親父だ。

中年親父の名前は、阿部《あべ》さん。自称、フードライターの四十三歳。超がつくほどのワイン狂で四六時中酔っている。髪をオールバックにし、いつも高そうなジャケットを着ているキザな中年男だ。暴飲暴食のせいか二重顎《あご》で腹もでっぷりと出ている。気のいい男で、真子に投げ飛ばされてもケロリとして許してくれた。

「いやぁ良かったね、マスター。いいバイトの娘《こ》が見つかってさ」阿部さんが、酒臭い息を吐き言った。

「本当、助かります。キリコが店を手伝うの嫌がっていましたから」ツヨシが、ニッコリと笑った。

男前すぎて、直視できない。片想いの人と同じカウンター内という至近距離で接するなんて、我ながら信じられない。凶悪犯に銃口を向けられるより、緊張する。

「ちょっと買出しに行って来るから、真子ちゃん店番よろしくね」

ツヨシがエプロンを外し、そそくさと店を出て行った。

入ってまだ三日しか経っていないのに、いきなり店番を任せられても……。

「真子ちゃん、そんな不安そうな顔しなくても大丈夫。この店は、俺以外、めったに客はこないから」阿部さんが、ホットコーヒーを飲みながら言った。「ところでミルクはどこかな？」

「あ、ちょっと待ってくださいね……」

どこにあるのか、さっぱりわからない。いきなりトラブル発生だ。

「大丈夫、大丈夫。俺が出してやるよ」

阿部さんが、ズカズカとカウンターの中に入ってきて、冷蔵庫から慣れた手つきでミルクを出し、また、自分が座っていたカウンターへと戻った。

「ありがとうございます」

「小腹が空いたな」阿部さんが腹をさすった。「納豆パスタちょうだい」

メニューを見る。納豆パスタなんてない。

「あの……納豆パスタは書いてないんですけど……」

「ないよ。俺専用の特別メニューだから」

「私、納豆パスタなんて作ったことないんですけど……」

納豆は、普通にご飯にかけて食べたほうがいいのでは？

「大丈夫、大丈夫。俺が作ってやるよ」阿部さんがジャケットを脱いで、またズカズカとカウンターへと入ってきた。

ここはお前の家か。思わず心の中でツッコミを入れてしまう。

阿部さんが、見事な動きでパスタを作り始めた。包丁やフライパンの扱い方が素人ではない。突き出た腹を揺らしながらテキパキと作業をこなしていく。

「すごいですね……」真子は感心して言った。

「こう見えてもフードライターだからね」阿部さんがキザったらしくウインクをする。

「調味料の場所も完璧《かんぺき》に覚えているんですね」

「いつも俺が作っているから」

あっという間に、納豆パスタが完成した。阿部さんが、一口食べる。

「うん。自分で作る納豆パスタが一番うまい」

「よく、このお店潰《つぶ》れませんね」

何でも正直に言ってしまうのが真子の悪い癖だ。刑事時代も、それで何度上司と衝突したことか。

「ま、それはね」阿部さんが、意味深に言った。「このお店は、マスターの道楽みたいなもんだから」

「どういう意味ですか？ 教えてくださいよ」真子は阿部さんに、にじり寄った。

「どうしようかなぁ。マスターから秘密にしといてくれって言われているからな〜」阿部さんは、明らかに喋《しゃべ》りたくて仕方がないように見える。

「別にいいんじゃないですか。いずれわかることですし」

「俺から聞いたって言っちゃダメだよ」阿部さんが小声になる。「マスターには、副業があるんだよ。そっちが儲かっているから、この店が潰れずに済んでいるのさ」

キリコも言っていた。副業が儲かっているから時給を二千円も払えるのだと。

「マスターの副業って何ですか？」

「それは……」

カランコロンとドアベルが鳴った。ツヨシが、スーパーの袋を持って帰ってきた。

「悪いっすねぇ、阿部さん。また、納豆パスタを作ってくれたんだ」

阿部さんが、慌てて咳《せ》き込む。

「ん？　何、この空気。俺の悪口でも話していたの？」ツヨシが笑いながら眉《まゆ》を上げる。

「まさか、そんなわけないじゃん。ねえ、真子ちゃん？」

真子は、ひきつった笑顔で頷《うなず》いた。

結局、ツヨシの副業はわからずじまいだった。

このままでは気になって、今晩眠れない。が、睡眠不足は肌に悪い。カサカサの肌で、明日ツヨシに会うわけにはいかない。そのためには、一刻も早くツヨシの秘密を暴かなくては。

午後七時。ツヨシが、《純喫茶デスティニー》から出てきて、戸締りをした。真子は、少し離れたつけ麺屋の看板の陰から、その様子を見守る。

ツヨシが吉祥寺駅の方向に歩き出した。

尾行開始。日は暮れて、辺りが暗い。尾行にはもってこいだ。真子は、ツヨシの背中を見失わないように、適度な距離を取って追いかけた。真子は夕方に店をあがった。ツヨシもまさか自分が雇っているアルバイトに尾行されているとは夢にも思っていないだろう。

私は、何をやっとるんだ？　はたから見ると、完全なストーカーではないか。

女、三十歳。物陰に身を潜めながら、コソコソと男を尾行する。危ない女……。いや、元刑事としての好奇心がそうさせるのだ。真子は、自分にそう言い聞かせ、忍び足で夜の街を歩いた。

商店街に入り、人が増えてきた。吉祥寺は人気の街で、買い物客で溢《あふ》れている。ツヨシはサンロードを右に折れ、ダイヤ街へと入っていった。

肉屋の前にたくさんの人が行列を作っている。メンチカツが名物らしく、真子もいつか食べてみたいとは思っていたが、行列を見るたびに断念していた。どうして、東京の人たちはこんなに行列が好きなのだろうか？　ラーメン屋にしてもカレー屋にしても有名な店は並ばないと入れない。

あれ？　いない？　どこ？

ツヨシが消えた。しまった、行列に気を取られて集中力を欠いた。久しぶりの尾行で腕が鈍っているのか。

真子は慌てて商店街を抜けた。駅前のロータリーが見える。パルコの横にパチンコ店があった。もしかすると、あそこに入ったのか？　真子は、入口から店内を覗《のぞ》き込んだ。

いた。ツヨシは入口に近い台に座り、真剣な顔でパチンコに興じている。

ギャンブルやるんだ……。かなりガッカリした。ギャンブルをする男は、好きじゃない。

ギャンブルに溺《おぼ》れて破滅した人間を刑事時代嫌というほど見てきたせいだ。

パチンコ店の前に、ちょうど本屋があった。立ち読みをしながら、ツヨシが出てくるのを待つことにした。


おっせえ……。

真子は、十冊目の雑誌を叩き付け、ツヨシの様子を見に行った。

何あれ……？

真子は、パチンコ屋の店内を見て驚いた。

勝っている。それもバカ勝ちだ。ツヨシの台はフィーバーしまくっていた。ツヨシの周りに積まれる箱、箱、箱、箱……。一体、いくつあるんだ？　あまりにも勝ちすぎて、ギャラリーがいるぐらいだ。

ギャンブル、強いんだ……。もしかして、ギャンブルで生計を立てているとか？

まさかね。それはないだろう。

結局、いつまで経ってもツヨシのフィーバーは終わらず、真子は尾行を諦めた。

4　キリコの依頼

「パパの副業？」

キリコがハンバーガーにかぶりつきながら言った。

翌日の昼。モスバーガー吉祥寺サンロード店で、真子はキリコにテリヤキチキンバーガーとフレンチフライポテト&オニオンフライのセットをご馳走《ちそう》していた。

もちろん、ツヨシの情報を聞き出すためだ。今日は日曜日なのでキリコの学校は休みで《純喫茶デスティニー》の定休日でもある。

私服姿のキリコは、とてもじゃないが中学生には見えない。まだ六月だというのに黄色いタンクトップだ。胸の谷間が丸見えで女の真子でも目のやり場に困る。ローライズのジーンズもお尻が半分以上は見えそうな勢いだ。普通のネルシャツとジーンズの真子のほうが、あきらかに幼く見える。

「もしかして、マスターの副業ってパチプロ？」真子は、思いきって訊いた。

キリコが、テリヤキチキンバーガーを吹き出し、大笑いした。「そんなわけないじゃーん！」

ちょっとホッとする。

「でも、副業はあるんでしょ？」

「……まあね」キリコが意味深な笑みを浮かべながらポテトをつまむ。

「教えてよ」

「このハンバーガーだけで？」キリコが、生意気にも駆け引きを挑んでくる。

「何か欲しいものでもあるの？」

「物はいらない。して欲しいことがあるの」

また交換条件かよ。真子は笑顔で、こみ上げる怒りを飲み込んだ。が、心の中で呟《つぶや》いた。

このクソガキをビンタしたい。

「何をして欲しいわけ？」

「わたしの彼氏が浮気しているみたいなの」キリコが華奢《きゃしゃ》な肩をすくめた。

ものすごく嫌な予感がする。

「それで？」

「本当に浮気しているかどうか、調べてくんない？」


月曜日の夕方。真子は、渋谷のカラオケボックスにいた。しかも、一人で。

私は一体、こんなとこで何をやっているんだ……。情けなくて泣きたくなる。

キリコの彼氏が、隣のカラオケボックスで歌っているのだ。もちろん、向こうは一人ではない。友達同士のグループだ。

彼氏の名前は、時任旬介《ときとうしゅんすけ》。身長一八〇センチ。モデルとホストの中間のようなルックス。

一応、イケメンの部類に入るのか。キリコと同じく、どこからどう見ても中学生には見えない。

放課後、学校から一人で出てきた旬介を真子は尾行した。旬介は、渋谷駅のコインロッカーで、学生服から私服に着替えた。ハチ公前で待っていると、ファッション雑誌から飛び出してきたような男女が、わらわらと集まってきた。どいつもこいつもモデルみたいに手足が長いし、おしゃれだ。同じ人種だとは思えない。食べている物が違うのだろうか。

真子は、自分の中学生時代を思い出し、ため息をついた。出身は宮城県の名取市《なとり》。中学生時代、一番おしゃれな人種はヤンキーだった。

しかし、妙だ。入店してから三十分経つが、隣から歌が聞こえてこない。真子はトイレに行くフリをして、ドアの小窓から隣の部屋を覗いた。

ん？　何だ、あれ？

頭の禿《は》げあがった中年のサラリーマンが土下座している。しかも、踏《ふ》ん反《ぞ》り返ってソファに座る旬介が、土下座サラリーマンの後頭部を踏みつけているではないか。

何があったかは知らないが、中学生が大人にすることではない。

「あんたたち！　何やってんのよ！」

考えるより先に体が動くのが、真子の悪い癖だ。

気がついたら、部屋に乱入し、旬介に思いっきりビンタしていた。

「痛ってえ……」旬介が、頬を押さえる。「て、いうか、おばさん、誰？」

また、やってしまった……。

元刑事が、中学生をビンタ。下手すりゃ大問題だ。ヤフーニュースのトップに載り、宮城県警に迷惑をかけるかもしれない。

クソ生意気なガキ共が許せなくて、咄嗟《とっさ》に体が動いてしまっただけなのに。

「誰だよって、聞いてんだろ！　おばさん！」

旬介の仲間の中で一番やんちゃそうな男の子が、真子の髪の毛を摑《つか》んだ。

真子は一瞬で、その子の手首を摑み返し、合気道の技で組伏せた。逮捕術のひとつだ。

カラオケボックスの中がどよめく。

「強えぇ。マジ、何者なんだよ……」旬介が、目を丸くして真子を見る。

土下座していたサラリーマンも何事かと顔を上げた。

「怪我《けが》はありませんか？」真子はサラリーマンに訊《たず》ねた。

「は、はあ……」

サラリーマンは、突然の助っ人に、戸惑っている様子だ。

真子は、カラオケボックスの中学生たちを睨《にら》みつけた。

「どういう理由か知らないけど、やっていいことと悪いことがあるでしょ！　このおじさんが何をしたっていうのよ！」

一人の女の子が、手を上げた。「援交をもちかけられたんだけど……」

「えっ？」真子は、サラリーマンを見た。

「すいません。どうか警察にだけは……妻も子供もいるんです」

よく見ると、サラリーマンの顔が赤い。目もどんよりと濁っている。

「酔っぱらっているの？」

「この不況の煽《あお》りを受けてリストラされたんです。ストレスを解消しようとカラオケに来たんですけど……」サラリーマンが蚊の鳴くような声で言い訳をした。

「援交をもちかけるのはストレス解消の一環なわけ？」

「まさか中学生だとは……」

「嘘つけ！　中学生だと思って声をかけたんだろうが！　ロリコン野郎！」旬介が、吠《ほ》える。

「滅相《めっそう》もない。大人びているから、どう見ても中学生には見えませんよね？」サラリーマンが、真子に同意を求めた。

「リストラされたのには同情するわ」

「そうでしょ？　では、誤解が解けたってことで……」サラリーマンが土下座をやめて、帰ろうとした。

「待てよ！」旬介が、ソファから立ち上がり、サラリーマンを止めようとした。

「歯を食いしばってくれますか？」

先に、真子がサラリーマンの肩を摑んだ。

「はあ？」

真子のビンタが、サラリーマンの顔面をとらえる。力が入り、ビンタというよりは、掌底《しょうてい》で顎を殴ってしまった。

　サラリーマンは吹っ飛び、頭を壁にぶつけて泡を吹いた。


「おばさん、マジすげえっすよ！」

　渋谷のマクドナルドで、真子は、中学生たちに囲まれていた。

　旬介が興奮した口調で続ける。「何で、そんなに強いわけ？　格闘家？」

「昔、ちょっと……」適当な嘘でもつこうかと思ったがやめた。「刑事をやっていたから」

「デカ⁉」中学生たちが仰《の》け反《ぞ》って驚く。

　こういう反応になるのはわかっていたが、嘘は苦手だ。もう少し器用に嘘をつけたり駆け引きができれば恋人の一人ぐらいいるはずだ。もしかしたら、とっくの昔に結婚できていたかもしれない。

「今は、喫茶店でバイトしているけどね」

　中学生たちが、顔を見合わせた。

「ねえ、旬介、石沢《いしざわ》先生のこと相談したら？」仲間の女の子が言った。

「そうだな」旬介が深く頷く。「元刑事なら見つけてくれるかもな」

「は？　見つけるって、何？」

「俺たちの担任が、一週間前から行方不明になっているんだ」

「……だから？」

また、とても嫌な予感がする。

「探し出してくれない？」

5　行方不明の女教師

次の日。《純喫茶デスティニー》の営業前。真子はカウンターで、石沢先生の写真を眺めていた。

探し出してくれって言われても……。

とはいえ、中学生たちの心配そうな顔を見ていると、どうしても断れなかった。

石沢つぐみ。二十七歳。独身。体育教師。陸上部顧問。清潔感があり美人だ。昔、走り高跳びの選手だったらしく、身長が高く、スタイルもいい。若くて美人なだけに、学校でも圧倒的に人気があった。写真の中の石沢つぐみもジャージ姿で生徒に囲まれている。

一週間も行方不明って……。旬介の話では、警察に捜索願を出しているが全く見つからないらしい。

「何を見ているの？」

いきなり、背後からツヨシに話しかけられ、心臓が口から飛び出るかと思った。

「キリコちゃんの学校の先生が、行方不明なんです」

「そうなの？　初耳だよ。キリコ、学校のことを俺には全然話してくれないから」

「この先生なんだけど……」真子は写真をツヨシに渡した。

「えっ？」ツヨシが、写真を見て硬直した。

「どうしたんですか？」

ツヨシが眉間《みけん》に皺《しわ》を寄せて、怖いくらいに写真を凝視している。この顔には見覚えがある。

真子が初めて《純喫茶デスティニー》を訪れたとき、ツヨシが見せた表情だ。

「たぶん、生きてないよ」ツヨシが、ボソリと呟いた。

ツヨシは真剣な顔のままだ。当然、冗談なんかではない。

「残念だけど、殺されている」ツヨシが真子に写真を返した。

なぜ、そこまではっきり言い切れるのだろう。ツヨシの言葉は確信に満ちていた。

「どうしてわかるんですか？」

ツヨシの顔が急に赤くなった。動揺しているのか目が泳いでいる。

「勘でわかるんだ」

「はっ？　勘って、あの？」

ツヨシが、頷く。「俺、勘が異常に当たるんだよ」

「当たるって……どれくらいの確率で？」

ツヨシが目を伏せた。「百パーセント」

返す言葉が見つからない。刑事の経験上、表情を見れば嘘をついていないことはわかるが、あまりにも現実離れした告白だ。

「真子ちゃん、引いてる？」

「少し」正直に答えた。「そしたら今年のプロ野球はどこが優勝しますか？」

「そんなのわからないよ。超能力者じゃないんだから」

混乱してきた。ツヨシは何が言いたいのだろう。

「でも、百パーセント当たるって……」

「勘が働いたときだけね。今、この写真を見たら、たまたま勘が働いたんだよ」ツヨシの声がどんどん小さくなる。

「もしかして、このあいだのパチンコも……」

「えっ？　見ていたの？」ツヨシが恥ずかしそうに頭を掻《か》く。「声をかけてくれたら良かったのに」

「いくら勝ったんですか？」

「十万とちょいかな」ツヨシが、さも当たり前のように言った。全く嬉しそうではない。

「マスター、パチプロなんですか？」真子は、率直に訊いた。

「そんなことないよ。好きなときに勝てるわけじゃないし。勝てそうだなって勘が働いたときだけ打つんだ」

「勘が働いたら、絶対に勝つんですか？」

「うん。今のところはね」ツヨシが、あっけらかんと答える。「だから、この店が潰れなくて済んでいるんだ」

たしかに、勘というものはある。刑事時代も、ベテラン刑事の勘に何度か助けられた。勘というのは経験則によって導かれたもので、少なからず何らかの根拠はある。ただ、ツヨシの場合は、勘というより直感に近いのではないだろうか。ほとんど超能力と同じだ。

真子は、超常現象の類《たぐい》を全く信じていない。女性誌の占いのページも飛ばして読む。だが、行方不明の石沢つぐみが、ツヨシの勘どおり「殺されている」なら、一刻も早く警察に通報しなければならない。

調べてみるか……。ムクムクと胸の奥から好奇心がわき上がってきた。

「やたらと勘のいい人が、断言しているんで」と、警察に説明しても門前払いされるに決まっている。ある程度の証拠を摑んでからじゃないと、どうにもならない。

幸いなことに真子はフリーターなので、時間だけはある。金はないけど。納得いくまで、調べてやろうじゃないか。

ちょっとワクワクしてきた。実のところを言うと、刑事を辞めてからの平凡な日常が、退屈でしょうがなかったのだ。

「明日からしばらくバイトを休みます」真子はツヨシに宣言した。

「えっ……かまわないけど……」ツヨシは真子の迫力に押され、目をしばたかせた。「いつまで？」

「もちろん。事件が解決するまでです」

「バレたら停学だっつーの」

キリコが、ぶつくさ言いながら携帯電話の画面を見せた。

その日の夜。閉店後の《純喫茶デスティニー》。真子は、キリコと旬介に、中学校の先生たちの写真を撮ってきてもらっていた。石沢つぐみの職場に、どんな人物がいるのか把握しておきたい。

「完全に盗撮マニアの写真だな」旬介が、自分たちの撮った写真を見て笑う。

確かに、二人とも校舎の陰から撮っているので、被写体がはっきりと写っていない。

「もうちょっとマシな写真ないの？」真子は文句を言った。

「これ以上近づくのは無理だってば。校内にはケータイの持ち込み禁止なんだから」キリコが口を尖《とが》らせる。

「どれどれ。見せて」離れて新聞を読んでいたツヨシが、キリコの携帯電話を奪った。

「ちょっと！　パパ！　人のケータイ、勝手に見ないでよ！」

「何だ？　見られて困るものでも入っているのか？」ツヨシが、強引に写真のデータを見る。

「ん？」ツヨシの手が止まった。「これ、誰だ？」

キリコが携帯電話の画面を覗き込む。「教頭先生だけど」

ツヨシが目を見開いた。みるみる顔面蒼白《そうはく》になる。

まさか……。

「こいつが犯人だ」ツヨシが力強い口調で断言した。

「また、勘が働いたんですか？」真子は、半ば呆《あき》れて訊いた。

ツヨシが携帯電話から目を離さずに頷く。

「パパが言うなら間違いないね」キリコも頷く。

そんな馬鹿な。こんなので犯人がわかったら、全国の刑事が失業してしまう。

「えっ？　どういうこと？　何の犯人？」取り残された旬介が、首を振る。

「この男が、石沢つぐみを殺したんだよ」ツヨシが画面をこっちに向けた。

そこには、爽《さわ》やかな笑顔で生徒たちに手を振る、聖職者が写っていた。

6　真夜中の井の頭公園

本当に、この男が犯人なの？

真子は半信半疑で、もう一度、携帯電話の画面に目を落とした。山倉忠義《やまくらただよし》。五十二歳。キリコの中学校の教頭先生だ。

翌日の午後七時半。JR中央線のプラットホーム。山倉は隣の列に並んでいる。キリコの情報によると、三鷹《みたか》に家族と住んでいるらしい。バレないとはわかっていても目の前にいる男の写真を携帯電話で見るのは緊張する。旬介のときと同じ方法で尾行を開始した。

山倉は新聞を読みながら、のほほんとしている。どう見ても、人を殺すような人種とは思えない。

銀縁のメガネ。髪形は定規で測ったかのようにきれい七三に分けている。ダブルのスーツに身を包み、今までの人生は教育一筋だという雰囲気が滲《にじ》み出ている。

ただ、人は見かけによらない。それは、刑事時代に嫌というほど味わった教訓だ。

三鷹方面へと向かう電車が到着した。車内は会社帰りのサラリーマンやＯＬたちで混雑していた。自分の列をさりげなく外れ、山倉の列の最後尾に並んだ。離れないほうが見失う確率が少ない。念には念を入れる。辞めたばかりだとはいえ、もう刑事ではない。研ぎ澄まされた感覚は日に日に衰えている。

山倉が新聞を折り畳み、電車に乗り込んだ。背広の内ポケットから携帯電話を取り出した。メールを読んでいるのか、ジッと画面を見ている。

何か違和感を覚えた。真子は、数メートルしか離れていない山倉を観察した。

わかった。色だ。山倉が手にしている携帯電話はピンク色だった。キャラに合ってない。

真子は、山倉とともに三鷹駅で降り、山倉を尾行した。駅から北側、一キロほどの距離に山倉の家はあった。

ごく普通の一軒家。金持ちではないが、金に困っている様子もない。

「ただいまー」

山倉は、呑気《のんき》な声でマイホームへと入っていった。

二時間後。

真子は《純喫茶デスティニー》に戻った。旬介とキリコが一人の先生を連れてくる約束だ。

先生の名は、暮林《くればやし》まどか。三十一歳。英語教師だ。石沢つぐみとは、独身同士で年も近く、仲が良かったらしい。

「私立探偵の大星真子さん」キリコが真子を紹介した。

……いつから私立探偵になったのか。まあ、フリーターと紹介されるよりマシか。

「真子さんは、元刑事なんだ」旬介が付け加える。

「そうなんですか」暮林まどかが身を乗り出す。「石沢先生を探してください！　警察は全然アテにならなくて……」

そのとおりだ。警察も予算と人手の限界がある。殺人事件などの重大な事件から優先順位がつく。イチ教師の失踪《しっそう》が後回しになるのは仕方がない。

真子は、暮林まどかに質問を始めた。

「石沢先生には恋人がいましたか？」

「いいえ。私と同じで、彼氏いない歴二年以上でした」暮林まどかが、自嘲《じちょう》気味に笑う。

地味な印象の女だ。目が細く、おちょぼ口。化粧も薄い。グレーのタートルネックのセーターを着ている。英語の教師というよりは、市役所の受付にいそうなタイプだ。

「石沢先生は、お金に困っていました？」

暮林まどかが首を横に振った。

「贅沢をするような人ではなかったです。健康的でお酒もほとんど飲まないし。去年からマラソンを始めて、今年はホノルルマラソンに参加したいからって、貯金もしていました」

男、借金の線は消えた。

「石沢先生の好きな場所とか、よく行く店はご存じですか？」

暮林まどかが困った顔でさらに口をすぼめる。「店はわからないけど……公園なら」

「どこの公園ですか？」

「井の頭公園です。二、三回ジョギングに付き合いました」

井の頭公園……。ここから近い。吉祥寺と三鷹を跨《また》いでいる大きな公園だ。

次が、最後の質問だ。

「石沢先生が使っていた携帯電話は何色ですか？」

暮林まどかは、なぜそんなことを聞くのかという顔で答えた。

「ピンクですけど……」

午前零時。

小雨が降り注ぐ中、真子はツヨシと二人で井の頭公園に来ていた。

「こんな夜中に来たのは初めてだよ。なんか不気味だよな。幽霊でも出そうだ」ツヨシが無邪気に笑う。

ツヨシに同行してもらったのには理由がある。幽霊が怖いわけではない。

「何か、勘が働きますか？」真子はツヨシに訊いた。

「いやあ、そう言われても、自分ではどうにもならないから……」

「とりあえず、歩きましょう」

二人で、深夜の井の頭公園を歩き出した。一人ずつ懐中電灯を持っている。

昼間ならばデートになったかもしれない。しかも、相合い傘だ。雨が突然降ってきたのでコンビニで傘を買ったのだが「もったいないから一本でいいよ」とツヨシが言ったのだ。

好きな男が真横にいる。肩が何度もぶつかり、その度《たび》に心臓が締めつけられるように痛い。

もしかしたら一人の人間が殺されたかもしれないというのに、邪《よこしま》な考えを抱いている自分に嫌悪感を覚えた。

あの頃の刑事魂を思い出せ！　真子は自分で自分を戒めた。

「あっ」ツヨシの懐中電灯の輪が止まった。「この木……」

「木がどうしたんですか？」

ツヨシは懐中電灯を揺らし、一本の木を確認した。何の変哲もない、ただの木だ。

「マジかよ……」ツヨシが投げやりに呟き、真子に傘を渡した。瞳孔《どうこう》が開き、またあの顔になっている。

「勘が働いたんですか？」

「待ってて。確認したいことがあるから」そう言い残し、茂みの奥へと入っていった。

「ちょ、ちょっと、どこ行くんですか？」真子は慌ててツヨシを追った。

遊歩道から、十メートルほど入った場所で、ツヨシが立ち止まった。

嘘でしょ……。

ツヨシが懐中電灯で照らす地面に、マニキュアを塗った女の右手が生えていた。

石沢つぐみは、殺されて井の頭公園に埋められていた。

死因は、窒息死。細いロープのような物で首を絞められていたらしい。

ツヨシの勘が、完璧なまでに当たってしまった。

「散歩していたら、偶然に見つけたんです」真子は、駆けつけた警官に説明した。

警官が、真子とツヨシの顔を交互に見る。「こんな夜中に散歩？」

「はい。お店を閉めてから息抜きでもしようかと思いまして」ツヨシが変な言い訳をする。

「お二人は、どういう関係なんですか？」

「喫茶店のマスターとアルバイトです」

「……そうですか」刑事は、じっとりとした目で真子を見て、メモを取る。

男と女が並んでいたら、デキてると思え。よく、先輩に言われたものだ。多分、この刑事もそう思っているだろう。

真子は、横目でツヨシの顔を見た。とんでもない男に惚れてしまった……。

石沢つぐみの写真を見ただけで殺されたと言い、死体までも発見した。ありえない話だ。このままツヨシの勘を信じるなら、教頭の山倉が犯人になる。あっという間に事件解決だ。

……いや、解決しない。

目の前の警官に、どう説明すればいいのだ？

「この人が、勘だけで死体と犯人を見つけました」とは言えない。逆に、ツヨシが第一容疑者になってしまう。山倉が犯人だという決定的な証拠を見つけ出さなくてはいけない。しかも、警察の手を借りずに。

もちろん、無給だ。

新しい仕事を求めて東京にやってきたというのに、いつの間にか、前の仕事と変わらないことをやっている。こんな未来予想図は想定外だった。

だが、目の前で事件が起こっているのに、見逃すことはできない。真子の体の中には、まだ刑事魂が残っているのだ。

7　ピンクの携帯電話

次の日から、山倉を本格的に追うことにした。

山倉は、電車の中で、ピンクの携帯を触っていた。もしあの携帯が石沢つぐみの物なら、必然的に山倉が犯人だということになる。

放課後。正門から、山倉が出てくる。

電車に乗るまでが勝負だ。

中学校から駅に行くには、住宅街を抜けなくてはいけない。前回の尾行のとき、山倉は、近道でコインパーキングを抜けていった。

「キムチいかがですかー」

パーキングにキムチ屋がいた。ボロボロのワゴンの前に、キムチの入ったポリバケツを並べ、《本場の味　手作りキムチ》と書かれたのぼりを立てている。

「ちょっと、お父さん！　お土産にキムチ買っていってよ！」

キムチ屋が、山倉に声をかける。頭の禿げ上がった中年の男だ。

山倉は、無視をしてキムチ屋の横を歩く。

「おい！　シカトかよ！」

キムチ屋が、突然、キムチの樽《たる》を持ち上げ山倉の頭からぶちまけた。

「な、何をするんだ！」

山倉が、顔を真っ赤にして絶叫する。

「うるせえ！　こっちは、キムチが全然売れなくてムシャクシャしてんだよ！」

キムチ屋が無茶苦茶な言い訳を残して、去っていった。

山倉は、啞然《あぜん》として立ちすくんでいる。

キムチまみれのまま、電車には乗らないだろう。吉祥寺駅のヨドバシカメラの裏手に銭湯がある。山倉が風呂に入って帰ることに賭《か》けて、銭湯に旬介を待機させていた。山倉が銭湯に入っている間に、ピンクの携帯を盗ませるためだ。

山倉が、体に張り付いたキムチを払いながら歩き出した。

真子の後ろに、頭の禿げ上がった中年の男が現れた。

「あんな感じで良かったでしょうか？」男がビクビクしながら頭を下げた。カラオケ屋で真子に殴られた頬を無意識に手で押さえている。

「まああね」

「あの……これで、援助交際のことを警察には……」

「言わないわよ。二度と援交なんてしたらダメよ。次は遠慮なく警察に突き出すからね」真子は眉間に皺を寄せて凄《すご》んだ。

「は、はい！」男が逃げるように去っていった。


「ピンクのケータイなんてなかったぜ」

《純喫茶デスティニー》のカウンターで、旬介がだるそうに言った。

「隅々まで、ちゃんと探したわけ？」キリコが旬介を責める。

「探したって！　キムチ臭い服からカバンの中まで見たけど、黒い携帯しかなかったんだよ」

「黒い携帯か……。それは山倉の物ね」キリコが顔をしかめながら、ストローでミックスジュースをかき混ぜる。

「本当に山倉がピンクの携帯なんか持ってたのかよ？」旬介が真子に訊いた。「見間違いじゃない？」

「視力は両方とも一・五よ」

「ふーん」旬介が、疑わしい目で真子を見る。

山倉が犯人だとわかっているのに、証拠がない。こんな歯がゆい捜査は初めてだ。

「捨てたのかもね……」キリコが悔しそうにストローの端を噛《か》む。

「完全にお手上げだな。あーあ、銭湯のロッカーの鍵までぶっ壊したのに」旬介が両手を頭の後ろに組んで舌打ちをした。

「またパパを連れて行ったら？」

キリコが、カウンターの端で、漫画雑誌を読んでいるツヨシを指した。

「俺？」ツヨシが顔をしかめる。「これ以上、事件に巻き込まれたくないな……」

「よく言うわよ！　パパの勘が私たちを巻き込んだんでしょうが！」

「まあそうだけど……。真子ちゃん、次はどこに行けばいいのかな？」

「そうですね……」

デートの誘いなら嬉しいセリフだが、死体が絡んでいるのでなんとも色気がない。

「でも、教頭先生って意外と力があるよね。一人で死体を公園の中まで運んだんだ」キリコが何気なく言った。

「それよ！」真子は、カウンターの椅子から飛び上がるようにして立ち上がった。「マスタ

――！　行きましょう！」

「えっ？　ど、どこに？」

「山倉の家です！」

真子は、戸惑うツヨシの腕を引き、《純喫茶デスティニー》の扉を開けた。


「あの家よ」

真子は、表札に《山倉》とある一軒家を指した。

「なんで住所を知っているんだよ」ツヨシが、後ろから声をかけてくる。

「昨日、山倉を尾行して突き止めたんです」

「探偵みたいだな……」

ツヨシにまでも探偵にされた。この際、なんでもいい。明日から純喫茶探偵とでも名乗ろうか。

キリコと旬介の情報では、山倉はこの家で、妻と大学生の一人息子と暮らしている。

唐突に、家の庭で犬が吠えた。

「うわっ」

ツヨシが、飛び跳ねて真子の背中に隠れる。

「マスター、もう少し自然に歩いてくださいよ！」

「歩けないよ！　俺、ただの喫茶店のおやじだよ？」

「とりあえず離れてください！」

真子は、自分から距離を取った。くっつくのは嬉しいが、今から山倉の家を調べるのだ。近所の住民に目撃され、不審者と思われたら困る。

ガレージに車があった。

「あの車を見て何か勘が働きますか？」

真子は、ガレージに停《と》めてある白のステーションワゴンを指した。

体育教師の石沢つぐみは筋肉質だから、他の女性よりも体重は重いはずだ。五十歳を過ぎた山倉が石沢つぐみの死体を運ぶためには、車を使った可能性が高い。もし、この車を使ったのならば、ツヨシの勘が働くはずだ。

「う〜ん」ツヨシが、車を見ながら首を捻《ひね》る。

「どうですか？」

「なにも、感じないね」

「そんなわけないでしょう。ほらっ。さっさと勘を働かせてください」

「いや、本当、全然ピンとこないんだけど」

「何やってんですか。ここまで来た意味ないじゃないですか」

「いや……俺に言われても」

くそっ。じれったい。

現役の刑事なら、GPSを使って、石沢つぐみの携帯電話をすぐに見つけられるのに。ど素人のような捜査しかできない自分に腹が立つ。

「もう少し、近づきましょう」真子は、ツヨシの腕を引っ張った。

「ヤバいよ！　犬もいるし！」ツヨシが、腕を振って抵抗する。

「犬、怖いんですか？」

「幼稚園の頃、柴犬に嚙まれて以来、天敵だよ」ツヨシが泣きそうな顔で言った。

「じゃあ、そこで見張りをしていてください」


真子は単独で柵を乗り越え、ガレージに入っていった。懐中電灯を取り出し、車内を覗き込む。そう簡単に証拠がみつかるとは思えないが、今は、これぐらいしかできることはない。

後部座席に、ボクシンググローブがあった。

山倉がボクシングをやっている？　そんなキャラには見えなかったが……。もしかして、フィットネスだろうか。ボクササイズでダイエットをしている人も多い。

真子の頭に落雷のような閃《ひらめ》きが走った。

山倉がフィットネスに通っているとしたら、もしかすると、ジムに個人契約のロッカーを持っているかもしれない。ジムによってはプライベートなロッカーを用意している所がある。もしそれがあれば、殺した石沢つぐみの私物……戦利品をそこに入れておくことができるのではないか？

真子は懐中電灯を消し、ツヨシの元へと戻った。山倉の家から離れながら手短にボクシンググローブのことを説明する。

「で、俺にどうしろと？」ツヨシが不安そうな顔で訊いた。

「山倉が通っているジムに潜入してください」

「俺、ボクシングなんかやったことないんだけど……」ツヨシがまた泣きそうな顔になる。

どうもこの男は神経が細いらしい。先月まで刑事という猛者《もさ》どもに囲まれていたからそう思うだけなのかもしれないが。

「これから始めるんです」

「小さい頃から喧嘩《けんか》は苦手だからな……。この年で殴られたくないよ」

「安心してください。ボクササイズですから」真子は優しく説得した。

「俺、ダイエットの必要あるかな？」

「ないです」

五分ほど押し問答が続いたが、とうとうツヨシのほうから折れた。

「真子ちゃんも一緒に行ってくれるならいいよ」


このグローブ、汗臭い……。

翌日。真子は、吉祥寺駅の北口から西に五分ほど歩いたところにあるスポーツジムにいた。国内最大の施設がウリで、ボクササイズの他にもエアロビやスイミング、ヨガにピラティスなど色々なコースがあった。

山倉がこのスポーツジムに通っていることはキリコと旬介が突き止めた。他の先生に聞き込みをしてもらった。

ジムでボクシンググローブをレンタルしたのだが、やっぱり使いたくない。

「なんか、自分が強く見えるなぁ」ツヨシが大鏡の前で、ファイティングポーズを取った。

昨日の夜のテンションとは大違いだ。

全面、鏡ばりのスタジオ。リングやサンドバッグはない。ボクシングというよりは、エアロビクスが似合う。

ボクササイズが始まるまで、少し時間がある。二十人ほどの参加者は、各自でストレッチをして体をほぐしていた。

「ねえ、ねえ、聞いた？」バランスボールに跨がっている女性が、隣でアキレス腱《けん》を伸ばしている女性に言った。「このジムに通っていた石沢さん、殺されたんだって」

真子は、ツヨシと顔を見合わせた。

山倉と石沢つぐみは、学校だけではなく、ここでも接点があったというわけだ。

もしかしたら、二人は不倫をしていたのかも……。

これは、真子の勘だ。「男と女がいたらデキてると思え」である。

そのときピチピチのレオタード姿のインストラクターが入ってきた。あいさつと本日のメニューの説明のあと、音楽をかけ、エクササイズが始まる。

「痛い！」

開始5分で、ツヨシが足を挫《くじ》いた。

「大丈夫ですか？」インストラクターが音楽を止める。

参加者たちが、冷たい視線をツヨシに向ける。

「すいません。病院に連れて行きます」真子は、痛みに顔を歪《ゆが》めるツヨシの肩を支え、スタジオを出た。

「失礼します」

スタジオのドアを閉めて、耳を澄ます。音楽が聞こえてきた。

「よし。行こう」

ツヨシはスタスタと歩き出した。

ここまでは段取りどおりだ。ボクササイズの開始間もなく、ツヨシが足を痛めたフリをして退場する。

今なら、更衣室に人は少ないはずだ。ロッカーの鍵はダイヤル式になっている。それは今朝、入会希望者を装って確認済みだ。

「ドキドキするな。早くしないと、人が来るぞ」ツヨシが、真子を煽る。

「わかっています。入口で見張っていてください」

真子は急ぎ足で男子更衣室に入った。予想どおり、ロッカールームは無人だった。ツヨシが使っているロッカーを開けると、そこからボストンバッグを取り出す。

さてと。どこに仕掛けようかしら。

8 純喫茶での尋問

二日後。

《純喫茶デスティニー》に、山倉がやってきた。

「へーえ。中々、素敵なお店じゃないか」

山倉が感心したように、店内を見回す。

「どうぞ座ってください」

真子は、カウンターの席を勧めた。

旬介とキリコが、警戒した目で、山倉が椅子に座るのを見る。

「初めまして。キリコの姉です」真子が、嘘の自己紹介をする。

「教頭の山倉です。キリコさんにお姉さんがいたとは知りませんでした。本日は、キリコさんの進学の件でご相談があるとか……」

これも、山倉をおびき出すための嘘だ。

「すみません。お忙しい中」真子は頭を下げながら、山倉の顔を盗み見た。

「それは構いませんが、なぜ担任の先生ではなく私に……」

少し戸惑っているのがわかる。

「担任は、超嫌いなんです」キリコが打ち合わせどおりに答えた。

「キリコを転校させたいんです」真子がかぶせる。

山倉が聖職者らしく神妙な顔つきになった。「どういった理由なのか、お聞きしましょう」

まずは、先制パンチだ。

真子は取調べ室で犯人を尋問するように言った。

「学校内に、石沢先生を殺した犯人がいるからです」

「犯人が？　誰が、そんな根も葉もない噂《うわさ》を立てているんだ？」山倉が、全く表情を崩さずに言った。

逆に怪しい。必死で動揺の色を隠しているようにも見える。

「間違いなく学校内にいる人物が殺したんです」真子は、さらに揺さぶりをかけた。

「馬鹿な」山倉が鼻で笑った。

「私の彼氏が、警察で働いているんです」真子はもう一つ嘘をついた。

警察という単語を聞いた山倉の目が、わずかに泳いだ。

真子は、畳みかけるように続けた。「石沢先生の私物が、学校内でみつかったんです」

「……私物とは？」

「これです」真子はカウンターの上にピンクの携帯電話を置いた。

山倉の顔が、石のように固まった。

「何ですか？　これ？」声が震えている。

「石沢先生の携帯電話です」

「学校内の……どこに？」

「彼氏もそこまでは教えてくれませんでした」

山倉がひどく混乱しているのがわかる。スポーツジムのロッカーにあるはずの物が目の前にあるのだ。

今回、真子は奥の手を使った。二日前、ツヨシとスポーツジムに行ったとき、更衣室に盗撮用のカメラを数台しかけたのだ。昨日、山倉がスポーツジムに現れた。映像で、どのロッカーを使っているのかを確認できた。ダイヤル式の鍵を開ける指の動きも。

さっそく今朝、ジムに行って山倉のロッカーを開けた。真子の推理どおり、ロッカーの中にはピンクの携帯電話があった。

これこそ殺人者の戦利品だ。山倉が、石沢つぐみを殺したのはこれで間違いない。

だが、証拠としては弱い。携帯電話を持っているだけでは、殺しと直接結びつかない。

「拾った」と言い逃れをされれば、それで終わりだ。

真子は、賭けに出ることにした。山倉の自白を取るのだ。自白さえ取れば、警察も動いてくれるだろう。

「コーヒーでよければ、どうぞ」ツヨシが、山倉の前にコーヒーカップを置いた。

訊いた。

「ありがとうございます……」

「山倉先生は、犯人に心当たりはありませんか？」真子は、コーヒーを飲もうとする山倉に訊いた。

「全くないですね」カップを持つ、山倉の手がプルプルと震える。

気の弱そうな男だ。

真子は、じっくりと山倉を観察した。山倉は、銀縁メガネの奥で、充血した目をしばたたかせた。気の弱い男ほど、女に暴力を振るう傾向がある。カッとなった自分を抑えられないのだ。石沢つぐみと不倫の関係にあった山倉は、痴情のもつれから、暴力がエスカレートし、殺害に至ったのか。

「石沢先生は職場恋愛をしていたそうです」真子は容赦なく攻撃を続けた。「相手が誰か、ご存じですか？」

「わ、私がそんなことを知っているわけがないでしょう！」山倉が声を裏返らせてキレた。

「犯人は、その恋愛相手の可能性が高いんです」

「知らないと言っているだろう！　不愉快だ！　帰らせてもらう！」山倉が真っ赤な顔で怒鳴り散らし、席を立った。

「座ったほうがいいですよ」真子が低い声で言った。

「何だと？」

「警察を呼んでもいいんですか？」

山倉の動きが止まった。顔色が見る見る赤から青白く変わる。

「なぜ、警察を呼ばれなくちゃいけない？」

「俺、見ちゃったんだよね」旬介が、打ち合わせどおりのセリフを言った。「山倉先生が、石沢先生とラブホテルから出てくるとこ」

もちろんハッタリだが、効果は絶大だった。家庭のある山倉なら、十中八九、ラブホテルを利用すると踏んだのだ。

山倉はよろけて、カウンターに手をついた。

「先生、不倫していたんだ。サイテー」キリコが、さらに追い打ちをかける。

「違う……」

「認めたほうがいいですよ。これは殺人事件です。単なる不倫では済まされません。嘘は自分の首を絞めますよ」

「違うんだ……」

山倉は、呻《うめ》きながら膝《ひざ》をついた。

落ちるまで、もう一息だ。「もし山倉先生が犯人なら、自首を勧めます」

山倉は、涙を流しながら首を横に振った。

「真子ちゃん、ちょっといいかな」ツヨシが、真子の肩を叩いた。

「どうしたんですか？」真子は苛《いら》つきを抑え、ツヨシについてカウンターの奥にあるキッチンスペースへ引っ込んだ。

「こんなタイミングでゴメン」ツヨシが申し訳なさそうに言った。「俺の勘では、犯人がもう一人いるみたい」

もう一人？　何よ、それ！

「最初に言ってくださいよ。小出しにされても困ります」真子は、狭いキッチンで縮こまるツヨシを睨みつけた。

「無理だって。俺は超能力者じゃないんだから。勘が鋭いただの喫茶店のオヤジだよ？」ツヨシが口を尖らせて反論する。

「何、コソコソやってんのよ？」キリコが、カウンターの向こうから言った。

たしかに、身内で揉《も》めている場合ではない。まずは、山倉を落とすことが先決だ。

真子はキッチンから出て、山倉に詰め寄った。「山倉先生、自首してもらえますか？」

山倉は、真子の質問には答えず、ブツブツと何かを呟いている。目は虚《うつ》ろで、精気がない。

「どうなんだよ！　答えろよ！」旬介が、脅すように怒鳴った。

山倉がゆっくりと眼球だけを動かし、真子の目を見た。

「……怪物がいるんです」

「は？」真子は山倉の目を見て寒気が走った。その目は完全に恐怖に支配されている。数々の凶悪犯と対峙《たいじ》してきたが、こんな目の人間を初めて見た。

「お願いします。あの怪物を……止めてください」

山倉が急に立ち上がった。物凄《ものすご》い勢いで店を飛び出す。

「逃げてんじゃねえぞ！」

「旬介！　追いかけて！」キリコが叫ぶ。

旬介も、山倉の後を追って店を飛び出した。

「急いで！　嫌な予感がするの！」


真子の予感が当たった。

ツヨシの勘ほどではないが、このところ的中率が高くて嫌になる。

店から逃げ出した山倉は、吉祥寺通りに体を投げ出し、トラックに撥《は》ねられて死んだ。

自殺にしか見えなかった。

9　怪物

怪物がいるんです。

真子の耳に、数時間前に死んだ山倉の声が残っている。

怪物とは何のことを指しているのか？　自分自身の中にある殺意のことだろうか？　それとも、ツヨシの言う共犯者のことか？　共犯者がいるなら、一体、誰だ？

真子は、冷蔵庫を開け、缶ビールを取り出した。

ひどく疲れた。ベッドに腰掛け、缶ビールを開ける。

決して納得のできる結末ではない。

私、何やってるんだろ……。ため息を強引にビールで流し込む。探偵気取りで犯人を追い込んだあげく、犯人は自殺。事件は、完全に行き詰まってしまった。

自分でも嫌というほどわかっている。刑事という仕事に未練があるのだ。情けない……。

大好きなビールも今日は不味《まず》く感じる。とにかく今日は寝よう。

真子は、風呂に湯を張ろうと、立ち上がった。

見慣れたはずの部屋が、ぐにゃりと歪んだ。手から、缶ビールがすべり落ちる。真子は、崩れるように床に倒れ込んだ。

何よ、これ？　おかしい。全身が痺《しび》れて動かない。

バスルームのドアが開いた。

男が立っている。

……誰？

声が出ない。

「意識があるのに、体は動かないだろ？」と男が言った。「レイプドラッグだよ。冷蔵庫のすべての飲み物に入れておいたんだ。注射器で缶にも入れられるんだよ」

若い男だ。年齢は二十代前半だろうか。白いカッターシャツに黒のジーンズ。病的なほど体が細く、顔は青白く、吹き出物だらけだ。髪の毛は長く、肩まである。眼鏡の奥の淀《よど》んだ目に、見覚えがあった。

「父さんは犯人じゃなかった」

父さん？

「石沢先生は僕が殺した。父さんは埋めるのを手伝ってくれただけなんだ」

この男……山倉の息子だ。

山倉の息子が、ゆっくりとした足取りで近づいてきた。屈《かが》みこみ、真子の顔を覗き込む。

「どうして、わかったんだ？　完全犯罪だったと思っていたのに」

男の全身から滲み出るオーラに、真子は吐き気を感じた。

犯罪者の多くは、借金や裏切りや愛憎が原因となって罪を犯してしまう。

だが、世の中には、生まれながらの悪が存在する。刑事時代、逮捕した中にもそういうやつが何人かいた。そのうちの一人は連続殺人鬼だった。

山倉の息子は、明らかにそっち側のタイプだ。同じ匂《にお》いがする。人を殺すことに理由を必要としない。

「今度は、見つからないようにしっかりと埋めるよ」山倉の息子は、真子の髪を撫《な》でつけた。

「自己紹介させてもらうね」

山倉の息子は、ニタリと笑った。異常なほど綺麗《きれい》な歯が覗く。

「フルネームは山倉信男《のぶお》。信じる男と書く。二十一歳。一応、大学に籍をおいているけど、ほとんど行っていない。自分の使命に気がついたのは小学校の高学年のとき。隣に住んでいた変態野郎の首にドライバーを突き刺してやった。残念ながら死ななかったけどね。そのおかげで僕が病院に入れられたよ」

瞳孔が開ききっている。完全に狂人の目だ。

真子は、必死で逃げようともがいたが、体が思うように動かない。

信男が真子の髪を撫でながら、淡々と話を続けた。

「そいつは少女にいたずらをしていたんだ。人間の姿をしている悪魔だったんだよ。僕の使命は、悪魔たちを処刑することなんだ」信男がジーンズのポケットから何かを取り出した。

「石沢って女教師も悪魔の一人さ」

一枚のポラロイド写真を真子に見せる。

「僕のカメラは真実を写し出す。手を触れるだけで悪魔の所業がわかるんだ。石沢先生が産婦人科から出てくるとこがバッチリと写っているだろ？」

写真を見せられたが、何も写っていない。信男にだけ見えているというのだろうか。

「この女は、不浄の関係で得た命を自らの手で殺した。自分が悪いくせに、新しい命を拒否したんだ」

信男が、真子の髪の毛を摑み、何も写っていない写真を突きつけた。

殺される……。

真子の目から涙が溢れだした。恐怖と悔しさで、胸が潰れそうだ。

「父さんが浮気をしていることは知っていた。車に女の髪の毛があったから。父さんと母さんがどうなろうと僕には関係ないけど、まさか、その女が悪魔だったとは皮肉だよね。僕は一生懸命ピッキングの練習をして、あの女のマンションに忍び込んだ。玄関に縄跳びが置いてあったから、これが神様が用意してくれた武器なんだなと思った。父さんはシャワーを浴びていた。テレビを観ていた石沢に後ろから近づいて首を絞めてやったんだ。シャワーから出てきた父さんは驚き過ぎて涙も出なかったみたい。やっぱり母さんを愛していたのかな。そんなことはどうでもいいけど、浮気がバレるのを恐れて、死体を埋めるのを手伝ってくれたよ」

屈んでいた信男が立ち上がり、ジーンズからベルトを抜いた。「悪魔じゃない人間を殺すのは初めてだよ。あの女教師と同じ方法で殺してあげるね」

信男が馬乗りになり、ベルトを真子の首に巻き付けた。

怪物の顔だ。今から人の命を奪うことに胸を躍らせ、恍惚《こうこつ》とした目で真子を見下ろしている。

誰か……助けて……。

ベルトが首に食い込み、意識が徐々に遠ざかる。

真子は恐怖のあまり、失禁した。

「おい！　何、小便漏らしてんだよ！」

信男が、顔を真っ赤にして立ち上がった。

首のベルトがゆるむ。

「汚ねえんだよ！」信男が、真子の顔面をサッカーボールのように蹴《け》った。

スニーカーの爪先《つまさき》が鼻を直撃し、目の奥で火花が散る。鼻が折れた。ゴボゴボと鼻血が溢れだす。仰向けなので、逆流し、喉の奥で鉄の味がした。

「なんだよ……血なんか出すんじゃないよ……気持ち悪いな」信男が、もう一度、足を振り上げた。

蹴りが顎に入り、脳が揺れる。

「買ったばかりの靴が汚れちまったじゃねえか！」

次は、腹を蹴られた。みぞおちにまともに喰らい、息ができない。

「せっかく綺麗に殺してやろうと思ったのに！」

また、蹴り。

肋骨《ろっこつ》に鋭い痛みが走る。

信男の息は荒く、顔面が紅潮している。女をいたぶって興奮しているのだ。

……殺すなら、さっさと殺せよ。

真子の口から、少しだけ、声が漏れた。

「あん？　何だって？」信男が、真子の口元に顔を近づける。

真子はなけなしの力をふりしぼって、喉の奥に溜《た》まった血を、勢いよく、信男の顔に吹きかけた。

「があああ！　目に入った！　目に入った！　クソッ！　大人しく殺されろよ！」

顔中血だらけになった信男が、手足を振り回して地団駄を踏む。まるで、癇癪《かんしゃく》を起こした子供のようだ。

正気じゃない。山倉の言葉どおり、この男は怪物だ。欲望のままに行動し、罪の意識など微塵《みじん》も感じずに、人を殺す。純度の高い、殺人鬼だ。

「思い知らせてやる……」信男が、目をギラつかせて部屋を見渡す。何かを思いついたのか、視界から消えた。

キッチンから戸棚を開ける音だけが聞こえてくる。

クソ……動いてよ……。

真子は体を動かそうと試みたが、まだ痺れは取れない。

再び、信男が現れ、興奮した口調で言った。

「今、油を熱くしているからな。楽しみに待っとけよ」

信男が、嬉しそうに真子の頰を指で突《つつ》いた。

「顔をこんがりと焦がしてやるよ」

触るな！

真子は、指を噛みちぎろうとしたが、すんでのところで引っ込められた。

「油で人を殺すのは初めてだからワクワクするよ」

信男が、おもちゃを買ってもらえる子供のように、その場でピョンピョンと跳ねる。

刑事時代に数々の犯罪者と対峙してきたが、これほどまでに不気味な男を見たことがない。どんな犯罪者でも、少なからず、人間らしい部分はあるものだが、この男には皆無だ。常人では絶対理解できない闇を心に抱えている。

真子は覚悟を決めた。命乞いも説得も通用しない。今日、ここで死ぬのだ。まず、その事実を受け止めよう。考えなければいけないことは一つ。この怪物を世に出してはいけない。誰かが止めなくては……。

真子は、ツヨシの顔を思い浮かべた。ツヨシの勘を信じるしかない。私が死んでも、きっと、真犯人が信男だということに辿《たど》りついてくれるはずだ。

「そろそろ油が熱くなったかな？」

信男は、ニヤついた顔で真子を覗き込んだ。

そのとき、インターホンが鳴った。

信男の顔が強張《こわば》る。

「……誰か来る予定だったのか？」声を潜めて真子に聞いてきた。

返事をしようにも声が出ない。

「イエスならまばたきを一回、ノーなら二回しろ」

真子は、まばたきを二回した。

信男が舌打ちをした。

再び、インターホンが鳴る。

「お前、料理はするのか？」

真子は、まばたきを一回した。

「じゃあ、包丁ぐらいあるよな」

信男がキッチンへと消える。キッチンの扉が開く音が聞こえ、足音が玄関へと向かう。

マズい。誰が来たのかは知らないが、今ドアを開けたら殺されてしまう。お願い……殺さないで……。

玄関のドアが開く音が聞こえた。

「……真子さんいますか？」

キリコの声だ！

「今、出かけています」信男が嘘をつく。

「どこに行ったか、ご存じですか？」

キリコ危ない！　逃げて！

「友達の所に行くと言っていましたけど……どちら様ですか？」

「真子さんのバイト先の者ですが……そちらは？」キリコが質問を返す。

一瞬の間の後、信男が答えた。

「彼氏です」

「……そうですか。それでは、真子さんが帰ってきたら、キリコのケータイに連絡を入れるように伝えてもらえますか？」

「わかりました」

玄関のドアが閉まった。

良かった……。キリコは助かった。

信男が戻ってきた。包丁を振り回し、明らかに苛ついている。

「何だよ！　変なカップルだな……。あいつ、ロリコンかよ！　刺し殺してやればよかった」

カップル？

「もしかして、親子じゃねえだろうな」

ツヨシだ！　ツヨシとキリコが来てくれたのだ！

信男は大袈裟《おおげさ》に深呼吸して、無理やり、落ち着きを取り戻した。ニヤけた顔を作り、真子の耳元で囁《ささや》く。

「惜しかったね。助かると思った？　お友達は帰って行ったよ」

信男の顔に吹きかけた血は、いつの間にか拭《ふ》き取られている。

真子は、笑顔で返した。

ツヨシなら、信男を見て何か感じ取ったはずだ。必ず、この怪物を地獄に落としてくれる。

「何、笑ってんだよ……。本当は怖いんだろ？」

お前なんて、怖くない。真子は、まばたきを二回した。

信男が顔を歪ませる。

「嘘、つくんじゃねえ！」

真子の胸に、深々と包丁が突き刺さった。

第二章　殺人者　山倉信男

10 追い詰められた殺人鬼

山倉信男は、力任せに包丁を振りおろした。大星真子の笑顔に、言いようのない恐怖を感じたのだ。

お前なんて怖くない。真子の目は、そう語っているような気がした。

石沢つぐみのときと違う。あのときの獲物は、怯えきって、絶望的な目をしていた。だからこそ興奮したのだ。

包丁が、真子の胸に深々と突き刺さった。だが、快感が湧《わ》いてこない。頭の芯が痺《しび》れるような、いつもの感覚がない。獲物が目の前で口から血を吐き出し、体をピクピクと痙攣《けいれん》させているというのに。耳の後ろが疼《うず》く。痒《かゆ》い。

信男は、伸びた爪で、痒みの部分をボリボリと掻いた。皮膚が裂け、爪の間に血が溜まる。ぞわぞわと痒みが全身に広がっていく。嫌な感じがする。何かが迫ってきている。今すぐ逃げなくては。死体を埋めている時間はない。

インターホンが鳴った。

体が固まる。さっきの親子か？

中学生ぐらいの若い女と中年の男。あの男は、何も喋らずに、じっとこっちを見つめていた。

もう一度、インターホンが鳴った。足音を忍ばせて玄関に行き、ドアスコープを覗く。親子ではなかった。若い男が立っている。中学生か高校生だろうか。

「お姉ちゃーん！　いるんだろ？」若い男が、ドンドンとドアを叩く。

……弟？　こんな時間に？　大星真子の家族構成までは調べていない。

「開けてくれよ！　お姉ちゃん！」

さらに強くドアが鳴る。近所が騒ぎだしたらヤバい。ドアを開けるしかない。弟を追い払い、一刻も早くこの部屋から逃げなければ。もし、うまく追い払うことができなければ、弟も殺せばいい。

信男は、右手の包丁を背中のうしろに隠し、ドアを開けた。

「あれっ？　お姉ちゃんは？」若い男が、怪訝《けげん》な顔で信男を見る。

「友達の所に行くと言ってたけど……どちら様ですか？」さっきと同じ嘘でごまかす。

「どうも初めまして。弟の旬介と言います」

若い男が、丁寧に頭を下げた。今風の外見に似合わず礼儀正しい子だ。

若い男が顔を上げると同時に、信男の股間《こかん》に激痛が走った。

「があぁ……」

若い男の右足が、股間に食い込んだ。金的を蹴られたのだ。みぞおちの下から、猛烈な痛みと吐き気が、せり上がってくる。

信男は、たまらず、両膝をついた。

コイツ、弟なんかじゃない……。

「オラァッ！」

今度は、回し蹴りが側頭部に直撃した。その衝撃で玄関の床に頭を打ちつけ、意識を失いそうになる。

「危ねえ！　包丁を持ってやがる！」

その男に腕を蹴られ、包丁が、すっ飛んでいった。

「旬介、ナイス！　強いじゃん！」

ドアの陰から、さっきの親子が出てきた。

「一応、空手やってたからな。緑帯だけど」

「旬介君、この男を見張ってて！」

親子が、倒れる信男を飛び越え、部屋に入っていった。

「……なぜ、バレた？」信男は股間を押さえたまま、「シュンスケ」と呼ばれた若い男に向かって呻くように言った。

「エスパーばりに、勘が鋭い人がいるんだよ」旬介が得意気に答える。

勘だと？　どういう意味だ？　石沢つぐみの死体も、勘でみつけたとでもいうのか？

部屋の中から、若い女の悲鳴が上がる。

「ちくしょう！　俺のせいだ！　俺が教えてあげればよかったんだ！」男の叫び声も聞こえた。

「てめえ……真子さんに何をした？」旬介が睨みつけてくる。

信男は上半身を起こし、それには答えず訊いた。「勘の鋭いやつっていうのはあの男か？」

そうか、嫌な感じの正体は、あいつだったんだ。

「動くんじゃねえよ！」

今度は、旬介の前蹴りが、まともに胸に入った。ひっくり返って、三和土《たたき》で後頭部を痛打する。

「大人しくしろよ。今、警察がこっちに向かってるからよ」

「旬介！　救急車も呼んで！」

部屋から若い女が叫んだ。

「ボコボコにしてやるからな……」旬介が信男を睨みつけながら、携帯電話を取り出した。

嫌だ。捕まりたくない。もうすぐ警察がやってくる。信男は、玄関で倒れながら、必死で頭を回転させた。玄関は開いたままで、廊下が見えている。絶対に逃げきってやる。まだ使命は残っているのだ。こんな形で終わらせたくない。

「早く来てくださいね！」旬介が、携帯電話を切った。

「どうして……こんなにひどいことを……」若い女が泣いている。

「……この野郎」旬介の額に、血管が浮かび上がった。

殴られる——。信男は喧嘩なんてしたことがなかった。いつも武器を持って不意打ちで悪魔を殺してきたのだ。旬介はまだ十代だろうが、信男よりもはるかに体が大きい。まともに戦っても勝ち目はない。

旬介が馬乗りになってきた。拳《こぶし》を信男の顔面に打ちおろしてくる。信男は両手でガードをしたが、反応が遅かった。旬介の拳が、腕の間をすり抜け、頬骨にクリーンヒットした。痛い。ちくしょう。痛てえよう。ガードの上から、何発も殴られる。

かすかに、パトカーのサイレンが聞こえてきた。

「やっと、来たか」

旬介が殴るのをやめ、立ち上がった。

徐々に、サイレンが近づいてくる。

「クソッ。俺がぶっ殺してやりたいぜ」旬介が、吐き捨てるように言って、右足をあげた。

足の裏で思いっきり顔面を踏みつけられた。意識が遠のく。ダメだ……体が動かない……。

「な、何をやってるんですか」

女の声が聞こえた。

信男は、腫《は》れあがった瞼《まぶた》を無理やり開けた。コンビニ袋を手に下げた中年女性が、玄関の外から怯えた表情で信男を見ている。

「血が出てるじゃないですか！」中年女性がヒステリックに叫んだ。

マンションの住人だろうか。ボサついた髪に、黒ぶちの眼鏡。上下共にスウェットのラフな服装だ。

「関係ねえだろ！」旬介も叫び返す。

「関係なくありません！」

「アンタ、この男がどんな人間か知らないだろ？」旬介は中年女性を追いはらおうとした。

「知ってるわ」

そう言うと、中年女性が、コンビニの袋からスプレーを取り出した。

「えっ？」

驚く旬介の顔に、スプレーが噴射される。

「ギャアアー！　何すんだよ！　ババア！」

旬介が、両目をおさえ、転げ回った。苦しそうに激しく咳き込む。

痴漢撃退用のスプレー？　なぜ、そんなものをいきなり吹きかける？　というか、なぜそんなものを持っている？

「逃げるわよ！　信男君！」

この女、俺のことを知っている？

「さあ！　早く！　立って！」中年女性が、信男を起こす。

女の顔に見覚えはない。どうして、助けてくれるのかも全く見当がつかない。

「旬介！　どうしたの？」「何があったんだ！」親子が、旬介の悲鳴を聞いて部屋から出てきた。

中年女性が、親子にもスプレーを噴射した。

「キャアア！」

「なんだよ！　これ！」

旬介ほど近くで噴射しなかったので、さほどダメージはないだろうが、信男がここから逃げ出すには十分だった。

信男は中年女性に腕を引っ張られ、エレベーターに乗った。

「だ、誰だよ、あんた……」

「説明は後でするから」

エレベーターを降り、マンションを出た。前に、軽自動車が停めてある。

「乗って！」

間一髪だった。軽自動車が発車した瞬間、続々とパトカーが到着した。

「……どうして、助けたんだ？」

「信男君がピンチだったからよ」中年女性が、運転しながら答えた。「ポケットの中を見て」

ジーンズの後ろのポケットに見覚えのないライターが入っていた。

「これって……」

「盗聴器よ」

// 謎の女たち

誰なんだよ、この女。

信男は、ひどく混乱していた。突然、痴漢撃退用のスプレーを持って現れて、信男を救ってくれた。

「とりあえず自己紹介だけしとくわね」

トリカイナルミ、と中年女性は名乗った。

「鳥を飼うに鳴くに美しいで、鳥飼鳴美ね。三十八歳の独身」

鳴美が、チラリとバックミラーを見た。思わず信男も振り返って後方を確認する。パトカーは追ってきていない。少しホッとする。

「ご飯でもたべようか。お腹空いてるでしょ？」

「いや……」

信男は首を振った。顔中血だらけなのだ。食欲など湧くはずがない。

「傷の手当てが先ね」鳴美が微笑《ほほえ》む。「じゃあ、私たちの家に来て」

私たち？　まだ、他に誰かがいると言うのか？

二十分後。世田谷《せたがや》の住宅街で車は停まった。鳴美が、古びた屋敷を指す。

「ここが私たちの家」

古いがデカい。いかにも血筋のいい金持ちが住んでいそうな家だ。

「降りて」

鳴美が車を降り、スタスタと屋敷の門へと歩く。信男も慌てて鳴美の後を追った。

鳴美が門の前に立つ。門に防犯カメラが設置されていた。カメラが動き、鳴美と信男を確認する。

「あの……この家は……」

「中に入ったら余計な口をきいちゃダメよ」

「はあ？」

「アナタは助けられたのよ。それを忘れないで。くれぐれも失礼な口はきかないでね」鳴美が念を押す。

門が開き、老婆が顔を覗かせた。恐ろしく背中が曲がっている。皺だらけの顔だが、眼光が異常に鋭い。

老婆が、信男をジロリと一瞥《いちべつ》した。

「また、鬼が一匹来よったのう」

鬼？　何を言い出すんだ、このババア。

広い庭を抜け屋敷に入った。玄関を上がると線香の匂いが鼻をつく。純和風の内装だ。廊下が異様に暗い。

「この部屋で待っときんさい」

突き当たりの和室に案内された。鳴美と二人で待たされる。

何なんだよ、この展開……。

信男は、戸惑いを隠せずにいた。チラリと隣の鳴美を見たが、畳の上に正座したまま何の説明もしてくれない。一体、これから何が起こるんだ？

しばらくして、襖《ふすま》が開いた。白い和服を身にまとった、黒髪の女が現れた。女のあまりの美しさに、信男は息を飲んだ。

「桃山《ももやま》家十一代目当主、桃山小夜《さよ》でございます」

小夜が正座をし、信男に頭を下げた。

年齢は二十代の前半だろうか？　切れ長の目、つやのある長い黒髪、白く透きとおった肌。とにかく、この世のものとは思えない妖艶《ようえん》なオーラが全身から滲み出ている。

「あの……これ、なんなんですか？」信男は思わず口を開いた。

「結婚式よ」鳴美が代わりに答える。

「はあ？」

「桃山家の繁栄のために、あなたの種がいるの」

「種って……」

先ほどの老婆が、お盆に酒を載せて入ってきた。

「さあさあ、契りの酒じゃ」

「意味わかんねえよ！」

立ち上がった信男の足を、鳴美が水面蹴りで払った。

尻餅《しりもち》をつき、尾てい骨を打つ。「痛ってえ……。何すんだよ！」

「桃山家は代々、鬼の血を継いできたのじゃ」老婆が、信男の前に酒を置く。「お前さんが、小夜様の御相手に選ばれたのだ。光栄に思え」

「……どうして、俺が？」

「女を殺《あや》めたくて疼いておろうが」

信男は、何も答えなかったが、老婆が続けた。

「お前さんが、鬼である証《あかし》じゃ」

「さっきから鬼、鬼って何だよ？」信男は眉をひそめた。

意味がわからないし、何よりも気味が悪い。自分が得体の知れない陰謀に巻き込まれているのはなんとなくわかる。逃げ出したいが、なぜか、体がいうことをきかない。

「鬼は、生まれながらにして鬼となる」老婆が、窪《くぼ》んだ目で信男を見た。

「わしら鳥飼家の人間は、鬼を見つけ出す才がある。鳴美がお前さんを見つけた」

信男は、鳴美と老婆を見比べた。

「そう。鳴美はわしの孫じゃ」

だから、何なんだよ……。

「どうやって、オレをみつけたわけ？」信男は鳴美に訊いた。

「あなたが最初の女を殺したとき、感じたのよ」

「感じた？」

最初の女とは石沢つぐみのことだ。それまでも悪魔を処刑してきたが、全部、男だった。

「感じるときは全身の毛が逆立って、殺した場所に導かれるの。口では、上手く説明できないわ」

超能力ってことか？

信男は、真子のマンションで会った男を思い出した。親子の父親のほうだ。アイツもやたら勘が当たるとか、旬介が言っていた。

「鳥飼家の血が、鳴美を井の頭公園に導いたのじゃよ」

「何だよ、お前ら……気味が悪いよ……」

「鬼に言われたくはないわ」老婆が、黄色い歯を剝《む》き出しにして笑った。

「何だと！」カッと頭に血が上る。

「不束者《ふつつかもの》ですが、どうぞよろしくお願いします」小夜が、再び恭《うやうや》しく頭を下げる。

「結婚なんてできるわけねえだろ！　こんな話聞いたことねえよ！」

「お主は小夜様と契りを結ぶしかないんじゃ」老婆が半分塞がった目で下から信男を睨みつけた。

「ふざけんなよ」信男は、鼻で笑った。

「ふざけてるのはどっちじゃ。ならば、この屋敷から出るがよい」

「言われなくても帰るに決まってるだろ！」

「あっという間に捕まるわよ」鳴美が、冷たい目を向ける。「逃げ切れるとでも思ってるの？」

「逃げてやるよ！」

今度は鳴美が鼻で笑う。「よく言うわよ。私に助けられたくせに」

信男は下唇を噛み、鳴美を睨んだ。「誰が助けてくれって頼んだよ？」

「ガキにボコボコにされてたくせに」

「うるせえ！」

老婆が立ち上がり、信男の頬を平手で張った。「黙らっしゃい！　覚悟を決めんか！　他に道はないぞ！」

「痛ってえ……」

老婆の剣幕に圧倒された。年寄りとは思えない迫力だ。

「小夜様と結ばれれば、桃山家がお主を守る」

「は？　どうやって？　その桃山家がどれほどのものか知らないけど、警察からも守ってくれんのかよ？」

「守ります」小夜が答えた。「私が子を授かるまでは、何者にも手出しはさせません」

「子って……」

信男は唖然として、口をポカンと開けた。

「夫婦なんじゃから当たり前じゃろ。気張りんしゃい」

老婆が、ニタリと笑いながら、馴《な》れ馴《な》れしく肩に手をのせた。

「触るんじゃねえよ！」

「さあ、さあ。契りの酒を飲め」老婆が強引に畳の上にあった酒を注《つ》ごうとする。

「飲むわけねえだろ！」

「守られたくないのか？」

「信じるわけねえだろ！　そんなホラ話！」

「信じさせればいいのね？」鳴美が立ち上がった。「ついてきて」

「鳴美！　どこに行くんじゃ！　勝手は許さんぞ！」老婆が厳しい口調で言った。

「小夜様、婆様、今しばらくお待ちください。必ずや、この鬼を連れて舞い戻ってきます。

ここは私めにお任せください」

小夜が、ゆっくりと頷いた。

「任せたぞ。鳴美」

12　桃山家の力と刺客

「……で、どこに行くわけ？」

鳴美の車の助手席で、信男は不安げに訊いた。

「まあ。楽しみにしていて。これ以上ない方法で証明してあげるから」

鳴美が、ハンドルを握りながら笑う。

「何がおかしいんだよ？」

「別に」鳴美はまだ笑っている。

「言えよ！」

「もっと鬼らしくすれば？　あんたは選ばれた人間なんだから」

……俺が選ばれた人間？　ますます意味がわかんねえよ。

ありえねえ……。

捕まるどころか、鳴美の顔を見て、頭を下げる警官までいた。

「失礼します」警官が、署長室と書かれたドアを開けた。鳴美が堂々と部屋の中に入って行く。

「さあ。入ってください。私はこれで」

警官は信男に会釈をし、去って行った。

信男は、狐につままれた気分で署長室に入った。

「これは鳥飼様。お久しぶりです」

署長が、鳴美に頭を下げた。刑事ドラマに出てきそうな強面《こわもて》の男だ。

「久しぶりね。お孫さんは元気？」鳴美が訊く。

「おかげさまで、もう幼稚園に通う年になりました」署長がペコペコと頭を下げた。

「この子？」鳴美が、重厚な机の上にあった写真立てを手に取った。おどけた顔の少女が写っている。「可愛いじゃない」

署長が信男を見た。「こちらの方は？」

「小夜様の許嫁よ」

署長が満面の笑みを浮かべた。「見つかったのですか？　それはめでたい」

「ようやくね。苦労したわ」鳴美が、信男の背中を叩く。「ほれ。自己紹介しなさいよ」

「……山倉信男です」

「彼が鬼なのですか？」

「まあね。まだ女は二人しか殺してないけど」

警察署長に向かって何を言い出すんだ？

「人は見かけによりませんな」

「誰の中にも鬼は潜んでるわ。解放できるかできないかだけの話よ」

署長が満足気に頷き、信じられない発言をした。

「山倉君がどれだけ成長できるか楽しみですね」


これは夢か？　信男は、帰りの車で放心状態になっていた。

警察署の署長室まで行き、無事に戻ってきた。鳴美の言うとおり、自分は守られているのだ。

「これで、わかってくれた？　今、自分がどういう立場なのか」鳴美がハンドルを握りながら言った。

「俺は……絶対に捕まらないのか？」声がうわずってしまう。

「桃山家には誰も逆らえないの、大昔からね。表向きは、この国には階級がないってことになってるけどそれは嘘よ」

「マジかよ……」

体の奥から、喩《たと》えようのない力がわき上がってきた。まさに無敵になった気分だ。

「署長の言ってた、俺の成長って何だよ？」

「もっと獲物を狩れってことよ」

獲物を狩れ？　人を殺してもいいということか？

警察署長の口から、まさか、そんな言葉が出るなんて思わなかった……。

信男は横目で、運転する鳴美を見た。よく見ると、綺麗な肌をしている。小夜のような透き通るような白さではないが、年齢の割には張りがある。

対向車のヘッドライトが、鳴美の顔から首筋へと流れた。

チクチクと全身が疼く。皮膚の下に無数の寄生虫が這《は》っているようだ。

信男は唾を飲み込んだ。

この感覚……。この感覚がくると、獲物を狩りたくなる。

「私を殺したいの？」鳴美が、前方を見ながら言った。

すべて、見透かされている。「……わかるのか？」

「顔でね」

「俺の顔？」

「鬼になっているわ」

信男は、サイドミラーで自分の顔を見た。いつもと変わらない。どこにでもいるような地味な男が、そこにいた。

一台のバイクが背後から近づいてきた。

「私を殺すのはやめたほうがいいわ。あなたのボディガードなんだから」

鳴美が、急ブレーキをかけた。信男の体が前に投げ出される。シートベルトが体にきつく食い込んだ。

「おい！　何やってんだよ！」

「頭を下げて」

「は？」

爆竹が破裂したような乾いた音がした。フロントガラスに小さな穴が開く。パン、パンと二度音が続き、穴も二つ開いた。

……銃？

二十メートルほど前に、バイクが停まっている。フルフェイスで顔を隠し、ライダースジャケットを着た何者かが、こっちに向かって銃を構えていた。

「頭を下げろって言ってんのよ！」鳴美が信男の頭を押さえつけた。

車がバックで急発進した。

「危ないって！　逆走してどうすんだよ！」

後ろからヘッドライトが近づいてくる。しかも、デカい……。

「トラックだ！」

このままでは正面衝突は免《まぬが》れない。

「舌嚙むわよ」

鳴美が、ハンドルを切った。車が百八十度スピンした。隣の車線に強引に割り込む。まるで、スタントマンのようなドライビングテクニックだ。

またもや銃声。後部座席のガラスにも穴が開いた。バイク野郎が、銃を撃ちながら追いかけて来ているのだ。

「そこ開けて」鳴美が、信男の前を指す。

「えっ？　どこ？」パニック状態で視界が極端に狭まっている。呼吸が苦しく、心臓が痛い。

「ダッシュボードよ！」鳴美が裏拳で信男の鼻を殴った。

「は、はい！」治療してもらったばかりの傷が開き、鼻血が吹き出す。

ダッシュボードを慌てて開ける。中に小さいパイナップルのような物が幾つか入っていた。

「一つちょうだい」鳴美がハンドルを切りながら片手を差しだす。

「これって……」信男は、震える手で、鉄製のそれを取った。「手榴弾《しゅりゅうだん》？」

「そうよ。抜いて」

「な、何を？」

「ピンを抜いて渡して！」鳴美が怒鳴った。

「嫌だ！」信男も怒鳴り返す。

「私は運転してるでしょう！」

「抜けるわけねえだろ！　怖いよ！」

「もう！　貸しなさい！」鳴美は、ハンドルから両手を離し、信男の手から手榴弾をもぎ取った。

「ここで抜くのかよ！」

「当たり前でしょ。そういう使い方なんだから」鳴美が、手榴弾のピンを抜き、窓の外に放り投げた。急いで運転に戻る。

数秒後、後方で爆発が起こった。バイクが横転するのが見える。

「やった……逃げきった……」信男は、助手席のシートに深く体を沈めた。

「これでも、まだ、私を殺したい？」

信男は、力なく首を振った。「警察には捕まらないって言ったじゃねえか」

「あれは警察じゃないわ」鳴美が苦々しく口を歪める。

「……じゃあ、なんだよ?」

「猿渡《さるわたり》家の者よ」

「は?」勘弁してくれ。まだ誰か出てくるのかよ。

「鬼の血が欲しいのは、桃山家だけじゃないってこと」

「猿渡家? 何だよ、それ! マジでフザけるのもいい加減にしてくれよ!」信男は、助手席でわめき散らした。

「落ち着きなさい」

落ち着けるわけがない。目の前のダッシュボードに、手榴弾がわんさと入っているのだ。

「もういいよ! 降ろしてくれよ!」信男は助手席のドアを開けようとした。

「ダメよ。殺されてもいいの?」鳴美が信男の肩を摑む。

「誰にだよ!」信男は鳴美の手を振り払った。

「だから、猿渡家って言ってるでしょ!」鳴美も興奮してきて声を荒らげる。

信男がシートベルトを外し、助手席側のドアを開けた。「説明しろ! じゃなきゃ飛び下りる!」

鳴美が車を停め、ため息をついた。「鎌倉時代から桃山家と猿渡家は争いを続けてるの」

「はあ？　いきなり歴史のお勉強かよ」

いきなり鎌倉を出されても困る。義経《よしつね》と弁慶《べんけい》くらいしかわからない。

「茶化さないで。アンタのために説明してるんだから」鳴美の指が忙《せわ》しなくハンドルを叩く。相当苛ついているのがわかる。

信男は自分のペースを取り戻すため、わざと必要以上の間を取ってから言った。「そんな大昔から何を争ってんだ？」

「鬼の血よ。元来、鬼というものは神聖なものとして崇《あが》められていたの」鳴美が早口で説明する。

「不気味なイメージしかねえけどな」

「一般人からすればね。理由もなく無差別に殺人を繰り返す人間なんだから、恐怖の対象として語り継がれてきたのよ」

「……俺みたいな奴が昔からいたのか？」なんだか不思議な気持ちになる。

「たくさん存在するわ。歴史を振り返ればわかるでしょ？」

たしかに過去の権力者たちは数多くの人間を殺してきた。その数が多いほど手にする力も大きい。

「どうして殺人鬼が崇められるんだよ」

「何の迷いもなく簡単に人を殺せるからよ。神に祈るときに必要な仕事なの。昔の人々は、干ばつで作物が育たなかったり、嵐で漁に出られなくなったりすると、神の怒りを収めるために供物《そなえもの》を捧《ささ》げたの」鳴美が、じっと信男の目を見た。「供物を用意するのは神聖な役目よ」

「供物を用意するのが……鬼の仕事？」

鳴美が頷く。「鬼を親族として迎えた家が、この日本を支配できる。警察も政府も思いのままよ」

あまりにも荒唐無稽《こうとうむけい》な話だ。だが、鳴美の真剣な目に、信男は言葉を詰まらせた。確かにそのとおりならば、先ほどの署長の態度も納得できる。

「急がなければ」鳴美がエンジンをかけた。「供物が必要なの。今の日本がどうしようもなく崩壊しているのはわかるでしょ？　神がお怒りになってるのよ」

「あんた、狂ってるな……」

「狂ってなんかいないわ。長い歴史の中で繰り返されてきたことよ」

少年時代のあの日、突如、自分に起こった出来事は今日のためにあったということなのか。

――とても幸せな気分で目が覚め、ベッドの中で胎児のように体を丸めた。目を閉じると眩い光が頭の中に広がり、とてつもなく力強くて温かい何者かに抱きしめられているような感覚を味わった。ポラロイドカメラで悪魔の所業がわかり、武器を授けられたのは、てっきり神から与えられた使命だと思っていた。

「俺に、その供物を殺せってか？」

鳴美がアクセルを踏み、車を発車させた。

「小夜様と契りを結んでからね」


桃山家の屋敷に戻ってきた。

深夜。辺りは不気味なほど静まり返っている。

「まだ、降りないで」ドアを開けようとした信男を、鳴美が制した。

周りを見回すが、人影は見えない。

「……強い念を感じるわ」鳴美の顔に緊張が走る。

「さ、猿渡家の奴らか？」信男が声を潜める。

「違う……こんなにも強いのは初めてよ」鳴美が、服の下から銃を取り出した。

「まだ、そんな物騒な物持ってんのかよ！」

「シッ！」鳴美が、人さし指を口に当てた。「近づいてくるわ」

タイヤがアスファルトを鋭く擦《こす》る音が聞こえた。闇の中から、一台のワゴン車が突然現れた。

鳴美が銃を構えたが、一瞬遅かった。

ワゴン車が、鳴美の軽自動車の横腹にノーブレーキで追突した。

13　因縁の再会

「パパ！　拉致《らち》ってどうんすんのよ！」

若い女の怒鳴り声で目が覚めた。

強いキムチ臭が信男の鼻を襲う。

ぼんやりと意識が戻ってきた。助手席の若い女……運転席の男……見覚えがある……。

大星真子を助けにきた、あの親子だ。

髪の毛を摑まれた。

「よう、また会ったな」数時間前に信男をボコボコにした旬介が、すぐ隣にいた。「もう逃がさねえぞ」

信男は、両手両足がガムテープでグルグル巻きにされていることに、やっと気がついた。

どこに連れて行く気だ？　短い間だが、気を失っていた。顎が痛い。

　このワゴンが、鳴美の軽自動車に突っ込んできたのは覚えてる。衝撃で二人とも吹っ飛び、鳴美の後頭部が信男の顎に直撃した。

　手足だけではなく、口にもガムテープが貼《は》られていた。息が苦しい。鼻血が出ているのでまともに呼吸ができない。

　落ち着け。冷静に状況を分析しろ。

「パパ！　どこに行くのよ！」若い女が金切り声を上げた。

「とりあえずは……店だ」中年の男が答える。

　店って？　自営業ってことか？

「連れて行ってどうすんのよ！」女は完全に冷静さを失っている。

「……わからん」父親が渋い表情で答えた。

「私たちまで捕まっちゃうよ！」

「うるせえよ！　キリコ！」旬介が怒鳴り返した。「警察がアテになんねえんだから、しょうがねえだろ！」

　娘の名前はキリコと言うのか。

　旬介が、信男を覗き込む。「お前、何者なんだよ……警察がまともに捜査もせずに引き上げていくなんてありえねえよ」

「警察の身内？」キリコが助手席から身を乗り出して信男を睨む。「どうなのよ！」

旬介が、口のガムテープを外した。

信男は、押し黙ったまま口の端を曲げた。精神的優位に立ってやる。こっちには桃山家がついているのだ。

「答えろよ！」旬介の拳が、信男のこめかみを打った。目の奥で火花が散る。だが、信男は、さらに挑発するように笑みで返した。

「ツヨシさん、コイツが何者なのか勘でわかんない？」

運転席の父親が、首を横に振った。

父親の名前はツヨシね……。これで、全員の名前がわかった。

旬介が舌打ちをし、もう一度信男の顔を殴った。

今のうち、殴っとけよ。全員、ぶっ殺してやるからよ。


「降りろ」

ツヨシが車を停めて言った。

旬介が、信男の足のガムテープを剝《は》がす。「無駄な抵抗すんじゃねえぞ」

車は、喫茶店の前に停まっていた。《純喫茶デスティニー》と看板が出ている。時代錯誤なレトロな店構えだ。ここが、ツヨシが経営している店らしい。

キリコが辺りを見回し、誰もいないことを確認する。ツヨシが急いでシャッターを開けると、旬介に首根っこを摑まれ、店の中に連れ込まれた。コーヒー豆の香りが鼻をつく。どこにでもあるような喫茶店だ。

ツヨシが、テーブル席の椅子を持ってきて、座らせた。信男は、三人の顔をじっくりと眺めてから、ドカッと腰を下ろした。

自分でも不思議なほど落ち着いている。こっちには、日本を牛耳《ぎゅうじ》る特権階級がついているのだ。

「何ニヤついてんだよ！」

旬介の蹴りがみぞおちに入り、椅子ごとひっくり返る。両手をガムテープで縛られているので受け身が取れず、床に頭を打ちつけた。息ができない。涙が出てきた。

ツヨシが、転がった椅子を立たせる。旬介が、信男を無理やり椅子に座らせ、口のガムテープを剝ぎ取った。

「お前、何者なんだよ？」

「俺は……鬼だ」

信男の答えに、旬介とキリコが顔を見合わせる。ツヨシだけが信男の目をじっとみつめている。

大星真子の家に助けに来たのも、桃山家の屋敷がわかったのも、どうやらこの男の能力だ。鳴美も「念を感じる」と言っていた。特殊な能力を持った人間たちが、信男の周りに集まってきたのは、果たして偶然だろうか？

ふと、唸《うな》るような低い音が聞こえてきた。大きくなったと思ったら、轟音《ごうおん》とともに店のドアが吹っ飛ばされた。

バイクだ。喫茶店にバイクが突っ込んできたのだ。

ツヨシたちが仰天している。驚きすぎて声も出ない。

見覚えのある黒のライダースジャケット……。さっき、信男と鳴美を襲った、あのバイクだ。ライダースジャケットを着た男は、フルフェイスのヘルメットを被《かぶ》っているので顔が見えない。

「だ、誰だよ、てめえ！」旬介は吠えたが、腰は引けている。

ツヨシにいたっては完全に腰を抜かしていた。

「お客さん……じゃないよね」キリコも目を丸くして、ツヨシの横でへたりこんでいる。

男がバイクから降りた。ヤバい。こっちに向かって近づいてくる。

「な、何しに来たんだよ！」旬介が、後退《あとずさ》りながら言った。

「鬼退治だ」

フルフェイスの下からくぐもった声が聞こえた。低い声だ。

「意味不明なんですけど……」キリコが泣きそうな顔になる。

「今、取り込み中なんで帰ってもらえますか？　営業時間じゃないですし。コーヒーを飲みたければ明日来てください」ツヨシが動揺して、支離滅裂なことを言い出した。

「ツヨシさん、客なわけねえだろ！」旬介が叫ぶ。「け、警察を呼ぼうぜ！」

フルフェイスが、小馬鹿にするように笑った。「もう来てるよ」

今度は、俺が腰を抜かしそうになった。警察は俺に手を出せないんじゃなかったのか？

逃げたくても、唯一の出口はフルフェイスの背後にしかない。

男が、フルフェイスを脱いだ。端整で涼しげな顔が現れる。「警視庁捜査一課の猿渡だ」

警察手帳を出し、続けて銃を出した。

キリコが短い悲鳴をあげる。

猿渡って、鳴美の言ってた……。しかも、刑事だと？

「動くんじゃない」

「動きません！」ツヨシが両手をあげた。キリコと旬介も慌てて手をあげる。

猿渡が柔らかい動きでツヨシたちに近づいた。刑事と言うよりは、バレエダンサーのような身のこなしだ。

「お前ら……桃山側の人間じゃないのか？」

「はい？」猿渡の言葉にツヨシが、すっとんきょうに返す。

猿渡もつられるようにして首を捻った。

「もしかして、一般人か？」

ツヨシが、背筋を伸ばし答えた。「はい。正真正銘の一般人です。五年前から、ここ吉祥寺で純喫茶を営んでおります」

まるで、軍隊のような受け答えだ。

「なぜ、一般人が鬼を拉致するんだ？」猿渡が三人に訊いた。

「鬼って何？」キリコが聞き返す。

猿渡が、くしゃくしゃと頭を掻き、信男を指した。「こいつのことだよ！」

「殺人鬼のことね。鬼と言えばそうだわ」

「よくも勝手な真似をしてくれたな」猿渡が苦々しげに言った。

「アンタたち警察がアテになんないから、私たちが代わりに捕まえてあげたのよ！」キリコが、噛みつかんばかりに、猿渡に突っかかる。「真子さんが……わたしのせいで真子さんが……」

「キリコだけのせいじゃねえよ」旬介が、キリコの肩にそっと手を置いた。

「なるほどね。自分を見つけた善良な市民に復讐《ふくしゅう》しようとしたわけか」

「さっさとコイツを刑務所にぶちこんでよ！」キリコが、真っ赤な目で信男を睨みつけた。

「残念ながら、それは無理だ」

「どうしてよ！　コイツは人を殺してるのよ！」

「関係ない。この男に警察は手を出せないんだ」

「そんな馬鹿な話があるのか！　ここは日本だろ？」今度はツヨシが詰め寄り、猿渡の胸ぐらを摑んだ。

猿渡が、いとも簡単にその手を払いのける。「この世には、国家よりも強い存在があるんだよ。一般人がどれだけ吠えたところで、何の意味も持たない」

「じゃあ、警察のアンタがここに来た意味もないじゃないか！」ツヨシがなおも食い下がった。

「俺は警察として来たんじゃない。猿渡家の人間として来た」猿渡が、信男を見た。氷のように澄んだ冷たい目だ。

「……俺をどうするんだ？」信男は必死で怯えを隠し、訊いた。

「餌になってもらう」

「はぁ？」

猿渡の目に熱が浮かんだ。氷ではなかった。青い炎だ。

「桃山家と猿渡家をぶっ潰すためのな」

ツヨシたちは、話に全くついていけず、虚ろな目で猿渡を見ている。

「過去、両家の醜い争いで、数多くの犠牲者が出た」猿渡が、一瞬、哀《かな》しそうな目をして顔を伏せた。「俺の代で、それを止めてやる」

両家の歴史だかなんだか知らないが、巻き込まれてたまるか。信男は、テーブル席にあるガラスの灰皿をそっと掴んだ。

猿渡は、うつむいたままだ。少し離れているが、狙《ねら》えないほどの距離じゃない。猿渡の頭に投げつけ、その隙に逃げてやる。信男は半歩踏み出し、全力で灰皿を投げた。

「危ない！」

ツヨシが、猿渡を突き飛ばした。灰皿は、猿渡の頭があった場所を過ぎ、後ろの壁に当たった。ゴンと鈍い音がする。頭を直撃していたら、軽い怪我では済まなかっただろう。

なんだ、今のは？　ツヨシの反応はあまりにも早過ぎた。まるで、そこに灰皿が飛んでくることを予測していたかのような動きだ。

猿渡も驚いた目でツヨシを見ている。

「一体、何が起きているのかわからないけど、どうやら逃げたほうがいい」ツヨシが真顔で言った。「ここにいたら、全員死ぬことになる」

「え？　どういうこと？」キリコが訊き返す。「また勘が働いたの？」

「勘って何だ？」猿渡が眉をひそめて親子を見る。

「説明はあとだよ！　逃げろ！」旬介が走り出した。ツヨシとキリコが、それに続く。

信男も逃げようとした。

「待て！　動くな！」猿渡が腰を床に落としたまま、銃を構える。

信男は、慌てて動きを止めてから猿渡に向かって言った。「お、俺たちも逃げたほうがいいと思うぜ」

「ふざけるな」猿渡が立ち上がり、銃口を信男の眉間に向けた。

「あの男の言葉を聞いたろ？　ここにいたら本当に死ぬぞ。あの男の勘は当たるんだよ！」

「馬鹿か、お前？」猿渡が信男に近づこうとした。

そのとき、バイクで破壊されたドアから、空き缶のような物が転がってきた。猿渡の足に当たって止まった。

猿渡の顔が歪む。「フラッシュバンかよ」

猿渡が、横っ飛びで、床のフルフェイスを拾い上げて被った。

次の瞬間、大音量と激しい閃光《せんこう》が、信男を襲った。

見えねえ！

聞こえねえ！

視力と聴力を一瞬で失った。体が硬直してうずくまってしまう。方向も全くわからない。ニュースで見たことがある。バスジャックの犯人を制圧するときに、機動隊が使った、光と音の手榴弾だ。

――誰かに、無理やり起こされた。体が宙に浮く。

猿渡か？

風が頬を撫でる。どうやら、肩に担がれて運ばれているらしい。

徐々に、視力と聴力が戻ってきた。遠くで、銃声が聞こえる。その銃声が大きく、ハッキリとしていく。いや、遠くではない。銃声は耳元で鳴っている。

猿渡が、銃を乱射しながら信男を肩に担いで運んでいた。「開けろ！　死にたくなかったら！　俺たちも乗せろ！」猿渡が怒鳴った。

車のドアが開く音。キムチ臭。さっき拉致されたワゴンだ。座席の上に放り投げられた。

乱暴にドアが閉まる音。

うっすらと目を開けた。人影が見える。さっき店にいた奴らだ。

「パパ！　何で、こんな奴らを乗せるのよ！」キリコが叫ぶ。

「囲まれてる」ツヨシが、力のない声で言った。「たくさんの人間が、俺たちを捕らえようとしている」

「それも勘なの？」

ツヨシが首を横に振った。「わからない。見えるんだ」

「驚いたな……。本当に勘が当たるのかよ」猿渡が、驚きの目でツヨシを見る。「完全に超能力じゃねえか」

「尋常じゃない数が迫ってくる」ツヨシが目を閉じて呟いた。

「さっそく、桃山家が鬼を取り返しにきたってわけだ」猿渡が、後部座席から強引に身を乗り出す。「運転を代われ！」

14　決死の逃亡

「説明してよ！」

助手席のキリコが叫ぶ。

運転席の猿渡が、涼しい顔でタバコに火をつけた。

喫茶店からやみくもに車を走らせて、一時間は経っていた。信男は車の免許を持っていないがゆえ道に疎《うと》く、ここがどこなのかわからずにいた。たぶん、杉並区だと思うが……。

「鬼とか桃山とか、何なのよ！」

「て、言うかお前は誰なんだよ！」

キリコと旬介が猿渡に向かって立て続けに吠える。

「あの喫茶店を襲ってきたのが桃山家の人間たちだ」猿渡が鼻から煙を出し答えた。

二人の顔が青ざめる。

「街中で銃をぶっ放してたぞ？」

「あなた、刑事でしょ？　捕まえてよ！」

猿渡が、タバコの煙に目を細めた。バックミラーで、信男の隣に座るツヨシの顔を見ている。ツヨシは、宙を見たまま、何も言わない。何かに集中しているようにも見える。

「勘が冴《さ》え始めたのはいつからだ？」猿渡は、キリコたちを無視して、ツヨシに話しかけた。

「……十七歳のとき」ツヨシが、宙を見たまま呟く。

「初めて聞いた……」キリコが、振り返って、父親を見る。

「何があった？　その特殊な能力を身につける出来事が何かしらあったはずだ」

ツヨシが目を閉じ、眉間に皺を寄せる。

全員が、ツヨシの次の言葉を待った。

「事故……車に撥ねられた……」

キリコと旬介が顔を見合わす。二人とも初耳、といった顔だ。

ツヨシが、目を閉じたまま続ける。「事故から半年間……記憶がないんだ」

「意識不明だったの？」キリコが訊いた。

「意識は三日で戻ったらしい。親や友達の話では、半年間、普通に暮らしていたそうだ」

「記憶喪失のまま？」

「……よくわからん」ツヨシが首を振る。「とにかく、頭が正常な状態に戻ったのは、事故から半年経ってからなんだ」

「その半年の間に何かがあったわけか」猿渡が一人で頷き、窓からタバコを捨てる。

「その日から、頭に浮かぶことが現実に起こるようになって……最初は夢で見た。パチンコで出る台や競馬で勝つ馬がわかる程度だったからラッキーとしか思っていなかった」ツヨシが、深くため息をつく。

「予知夢ってやつか」猿渡がもう一本タバコを取り出しくわえる。

「真子ちゃんが店にやってくる夢を見たら、次の日、本当にやってきた。その日から見る夢が変わった。俺は夢の中でお前に殺された。俺は石沢先生になっていた。お前の親父に公園に埋められるところまで見たんだ」ツヨシが充血した目で信男を見て言った。

「意味がわかんねえよ！」信男は強がってみせたが、内心では怯えていた。夢で自分の行動を読まれるなんてありえない。

「お前の親父が死んだ日……嫌な予感がして、俺は無理やり家に帰って寝た。俺は夢の中で真子ちゃんになり、お前に包丁で刺されたよ」

「間に合わなくて残念だったな」信男は厭味《いやみ》たっぷりに言った。

旬介が、信男の耳を摑んだ。強引に耳を引っ張られ、激痛が走る。続いて、頬骨に旬介の頭がめり込んだ。頭突きだ。

パキッと嫌な音がした。頬骨が折れた。あまりの痛さに気を失いそうになる。

「調子こいてんじゃねえぞ！」

「……旬介」キリコが震える声で言った。「そ、外……」

信男の目は、痛みを堪《こら》える涙で視界が遮られ、周りが見えない。

「だ、誰だよ……こいつら？」旬介の声も震えている。

信男は、何度もまばたきをし、車の外を確認した。黒い影……一、二、三、三……三人？

いや、もう一人いる。四人だ。

「いつの間に、囲まれたの？」

「俺の仲間だ」猿渡が、運転席のドアを開けた。車を降り、影の一人に何やら指示を出す。影たちが動いた。助手席と後部座席のドアが同時に開けられる。

「てめえ！　何すんだよ！」

「キャアー！　離してよ！」

一瞬だった。黒ずくめの屈強な男たちに、キリコと旬介がさらわれた。

「おい！　何の真似だ！」ツヨシが叫び、車を降りようとした。

「お前は残るんだ」猿渡の銃口が、ツヨシの動きを止めた。

ツヨシは歯を食いしばり、猿渡を睨みつけた。「俺に……何をさせるつもりだ？」

「鬼を守るのを手伝ってもらう。お前のその能力でな。今は寝なくても予知ができるんだろ？　寝る必要はないよな？」

「ああ、吉祥寺で石沢先生を見つけたとき、夢を見なくても予知ができるようになったみたいだ」

「じゃあ手伝え」

「嫌だと言ったら？」

「ガキを二人とも殺す」

「ふざけんなよ……」ツヨシが、怒りを堪え、唇を嚙む。

「ふざけてなんかいない」猿渡が冷たい目でツヨシを見た。

「二人の命は、お前次第だ。お前が言うことを聞けば、二人に手は出さない。しばらくつきあってくれれば、無事に家に帰す」

この男の目は本気だ。信男は確信した。猿渡は、目的のためなら何の躊躇《ちゅうちょ》もなく人を殺すだろう。自分と同じ種類の匂いがする。

ツヨシもそう感じたのか、諦めたかのように肩を落とした。「……何をすればいいんだ」

「予知能力を働かせろ。桃山家の動きが事前にわかれば先手を取れる」

「俺の勘はそんな大げさなものじゃない。寝なければ一瞬しか未来は見えないんだ」

「認めろ！　お前は特別な人間なんだ！」

猿渡に一喝され、ツヨシがビクンと体を震わせた。

「娘の安全は保証する。二時間ごとに携帯電話で安否を確認させてやる」猿渡が、さっきとは打って変わって優しい声で言った。「だから、感覚を研ぎ澄ませて能力を上げろ」

「こんな奴を守らなくちゃいけないのか……」ツヨシが、憎しみに満ちた目を信男に向けた。

猿渡が、満足げに笑みを浮かべて言った。「降りろ。車を乗り換えるぞ」

ワゴンを乗り捨て、信男とツヨシは黒いベンツに乗せられた。

キリコたちを拉致した黒ずくめの男たちは、すでに消えていた。

猿渡の運転でベンツが発進する。信男が助手席、ツヨシが後部座席に座らされた。

「……どこに行くんだ？」

ツヨシの質問に、猿渡は何も答えずハンドルを切った。

ベンツは、路地裏を抜け大通りに出た。道に疎い信男でもこの道はわかる。環状七号線だ。

冗談じゃねえ……。信男の手のひらに、じっとりと汗が滲む。餌にされてたまるかよ。逃げる機会は必ずあるはずだ。

猿渡の横顔を盗み見る。なぜ、この男は桃山家を敵に回すのか？　国家権力さえも通用しない相手だぞ？　戦うにしては相手が強大すぎるではないか。巻き込まれてたまるか。

信男は、助手席のドアに、そっと手をかけた。車から飛び降りてやる。そこまでスピードは出ていない。怪我はしたとしても死にはしないだろう。

「やめたほうがいい」後部座席で、ツヨシが呟いた。

「ん？　何だ？」猿渡が反応する。

「アンタじゃない。山倉だ」

信男は、慌ててドアから手を離した。

大丈夫だ。二人の角度からでは、見えなかったはずだ。

「山倉がどうした？」

「車から飛び降りようとしている」

心臓が跳ね上がった。予知どころじゃない。完全に心を読まれている。とりあえず、誤魔《ごま》化《か》すしかない。

「飛び降りるわけないだろ。スタントマンじゃねえんだから」

「ああ。飛び降りた瞬間に、後ろのトラックに轢《ひ》かれて死ぬ」

信男は、振り返って後方を確認した。確かに、遥《はる》か向こうにヘッドライトが見える。

「トラックかどうかはわからないだろうが！」

「試してみようか」

猿渡がベンツを道路の端に寄せ、スピードを落とした。数秒後、引越しセンターのトラックがベンツの横を猛スピードで通り抜けた。

背筋に、悪寒《おかん》が走る。あのまま飛び降りていたら、間違いなく轢かれていた。

「冴えてるな」猿渡が、嬉しそうにツヨシを見た。

「……こんな感覚、初めてだ」ツヨシが、戸惑いを隠さず言った。「頭の中にガンガン映像が飛び込んでくる」

「覚醒《かくせい》したんだよ。命を狙われたことによって、持っている能力が開花したんだ」

「……今まで普通に暮らしていたのに」ツヨシが座席にもたれ、目を閉じた。

「これも運命なのかもしれないな」猿渡が、意味深な言い方をする。「お前の能力で、万人の命を救えるかもしれない」

ツヨシが目を見開いた。「そんな……まさか……」

「さっそく映像が飛び込んできたか？」

「街が……燃えている」ツヨシの全身が小刻みに震えだす。

何を言い出すんだコイツ？　信男は堪えきれずに笑った。

猿渡は、笑わなかった。青ざめた顔で、ツヨシの顔を凝視する。

「……猿渡家の暴走だ。今、猿渡家は壊滅状態なんだ」

猿渡は車を発進させ、言った。追手《おって》が来ないか、バックミラーでチラチラと確認しながら話を続ける。「ここ数年で桃山家に圧倒的な差をつけられた。資金力も武力も向こうのほうが上だ」

それは信男にもわかる。だからこそ、桃山家に守られたかった。桃山家の連中がヤバいことは重々承知の上だ。こいつらさえ現れなかったら、殺人鬼のまま、桃山家で堂々と生きていけたのに。

「猿渡家に一人、この状況を打開しようとする者がいる。そいつは、テロリストまがいの鬼畜な攻撃で、桃山家に闘いを挑もうとしているんだ」

「テロリストまがいって、何だ？」ツヨシが、身を乗り出して質問をした。

ツヨシの顔つきが変わってきたような気がする。予知能力があると言われ、使命感が芽生えたのか。

猿渡が渋い表情で答えた。「奴は化学兵器を使おうとしている」

「嘘だろ……」ツヨシの喉がゴクリと鳴った。

信男は、馬鹿にしたように笑った。「毒ガスでも撒《ま》き散らすのかよ？」

「毒ガスではない。暗殺用の液体だ。旧ソ連のＫＧＢが使っていたのを横流しで手に入れた。無味無臭の透明な液体だが、人間が体内に摂取すると胃酸と化学反応を起こし発火する。数十秒で体全体が燃え尽きてしまう」

「そんな危険なものがあるのか……」ツヨシはショックを受けたのか、沈痛な面持ちで、後部座席に身を沈めた。

ターゲットの飲み物に混ぜるだけで、勝手に燃えてくれるなんて、暗殺する人間にとっては、便利この上ない代物だ。

「その液体の凄いところは、体内に入らない限り、全くの無害だということだ。持ち運ぶにしても絶対に怪しまれない」

猿渡の説明に、ツヨシが呻くようにため息を漏らす。

「どれぐらいの量を摂取するとヤバいんだ？」今度は、信男が質問した。

「なぜ、お前に教えなくちゃならん？」猿渡が、冷たく言い放つ。

「使う気はねえよ。安心しろ。俺は、そんなものを使うより、直接手を下したい派だから」

殺人鬼の冗談は通じなかった。裏拳が飛んできた。猿渡が、片手で運転しながら、助手席の信男を殴ったのだ。信男の左の頬骨にクリーンヒットし、左目だけから涙が出た。今日一日で一生分殴られた気がする。

「調子に乗るなよ、ブタ野郎。臭い口を閉じろ。生かしてもらってることを忘れんじゃねえ」猿渡が、信男を見ようともせず罵倒《ばとう》した。

信男は笑った。涙を流しながら。

面白いじゃねえか。殺せるものなら殺してみろ。どうせ殺されるなら、今ここで車をスピンさせて自爆してやる。信男はハンドルをつかもうと手を伸ばした。

後ろからツヨシの手が伸びてきて、小指と薬指を摑まれた。

「大人しくしろ」

コイツ……ここまで読めるのか……。小指と薬指が、反対側に曲がった。痛みが脳天を突き抜ける。

チクショウ！　折りやがった！

「サンキュウ。助かったぜ」猿渡は、環状七号線を折れ、路地裏に車を停めた。

運転席を降りながら、ツヨシに声をかける。「スマン。運ぶのを手伝ってくれ」

「ああ」ツヨシには、次に何が起こるのかわかっているのか？　当たり前の顔で返事をした。

運ぶ？　何を？

猿渡は助手席のドアを開け、信男のみぞおちに蹴りをぶちこんだ。胃液が逆流し、吐きそうになる。

「車の中に吐くんじゃねえぞ」

車から引きずりだされ、みぞおちに、もう一発、拳を入れられる。今度は、吐いた。的確に急所を攻めてくる。プロの動きだ。

「吐き切ったか？」

信男は、涙を流しながら頷いた。

両手に手錠をかけられ、二人に抱えあげられた。やっと何を運ぶかわかった。俺をトランクに入れる気だ。

「狭いとこ嫌いなんだけど」

信男の言葉は無視された。荷物のように持ち上げられ、トランクに投げ込まれる。

バタン。真っ暗闇。

信男は身を縮め、自分の運命を呪《のろ》った。


闇の中を走り続けた。

どれくらいの時間が経っているのかわからない。一時間……二時間？　もしくは三十分か？

両方のこめかみが激しく脈打っている。狭い場所に閉じ込められて、体中が痛い。殴られた顔と折られた指も酷《ひど》く痛む。

さっきから、一体どこを走っているんだ？　この音は砂利だ。曲がりくねった道を走っている。街中じゃない？　山道？　小便が漏れそうだ。全身から噴き出す汗が止まらない。車のトランクに閉じ込められたのは、もちろん生まれて初めてだ。考えろ考えろ考えろ考えろ考えろ、知恵を絞り出せ。逃げる方法は必ずあるはずだ。暗殺用の液体？　予知能力？　東京が火の海？　こんな茶番に付き合ってられるかよ！

猿渡に手錠をかけられたが、両手は体の前にある。背中の後ろじゃなくて良かった。まだ、なんとかなる。信男は体を捻り、ズボンのポケットをまさぐった。

ライターがあった。鳴美が仕掛けた盗聴器だ。一瞬、車内の会話を聞いて桃山家が助けにきてくれることを期待したが、すぐに諦めた。盗聴用の電波は弱い。ネットで読んだことがある。ならば、ライターとして使うしかない。どうする？　何かに火をつけるか？　この中で？　自殺行為だ。真っ先に自分が焼け死んでしまうではないか。

…………待てよ。

今、車内には、未来が見える人間が乗っているじゃないか。それを逆に利用してやるんだ。

信男は、自分のシャツに火をつけた。

その瞬間、車が停まった。

やはり、こっちの行動を読んできた。

が、なかなかシャツに勢い良く火が燃え移ってくれない。信男は、何度も何度もライターをカチカチ言わせ、火をつけようとした。

ドアが開く音がした。こっちに向かって二人の足音が近づいてくる。

やっと火がついた。熱で下腹がチリチリする。よし！　もっと燃えろ！　見る見るトランク内に煙が充満する。煙が、目と鼻を容赦なく襲うが、気にしている場合ではない。

大丈夫だ。死にはしない。死ぬ前に、ツヨシが止める。猿渡もツヨシも、餌に死なれたら困るはずだ。

車のキーがトランクの鍵穴にガチャガチャと入ってきた。

行動を読まれるということは、相手の行動も読めるということだ。

トランクが開いた。

「おい！　何やってんだ、てめえ！」猿渡が、煙を吸って咳き込んだ。

信男は腹筋を使って体を折り曲げ、声のする方向に両足を蹴り上げた。

バグッ！　手ごたえがあった。

さすがの猿渡も、煙幕で、こっちの攻撃がかわしきれなかった。ドサリと倒れる音がする。蹴りがうまく顔面に入ったのかもしれない。

やはり運命は俺の味方をしてくれている。

信男は、芋虫《いもむし》のように全身を使ってトランクから這い出し、砂利道に肩から落ちた。頬や肘《ひじ》に細かい石が食い込む。涙と鼻水で、視界が悪い。おまけに道が暗い。明かりは車のライトだけだ。

信男は、渾身《こんしん》の力を振り絞って、立ち上がった。

闇に向かって、全速力で走りだす。

「待て！　動くな！」

背後からツヨシが叫んだ。

動くな？　まるで警察のような言い方じゃないか……まさか。

その、まさかだった。乾いた銃声が二発鳴った。顔の真横で空気を切り裂く音がする。

ツヨシが、猿渡の銃で撃ってきたのだ。

立て続けに三発撃ってきた。

足がすくんでうまく走れないが、止まるわけにはいかない。そもそも素人の乱射だ。当たるわけがない。

信男は、砂利道を無我夢中で突っ切った。風が冷たい。田舎の風だ。

「待てよ！　この野郎！」

さっきよりもツヨシの声が遠い。

視界がはっきりしてきた。予想どおり、完全な山道だ。周りに木々が生い茂っている。あいつら、どこに連れていく気だったんだ？

ツヨシの足音が、砂利を蹴って近づいてくる。

ヤバイ！　手錠のせいで上手く走れない。しかも、危ねえ！

信男は、崖《がけ》のすぐ横を走っていることに気がついた。

クソッ。こうなりゃ、ヤケだ。

「やめろ！」ツヨシが大声で叫んだ。

さすが予知能力者だ。次の行動がわかっている。
信男は目を閉じ、崖へと跳んだ。
大丈夫。死にはしない。運命が守ってくれるはずだ。

第三章　愛妻家　水野雅史

15　世界一の愛妻家

僕は、愛妻家だ。

日本一。いや、世界一と言っても言い過ぎではないと思う。

もし、オリンピックに『愛妻』という競技があったら、ぶっちぎりで金メダルを獲《と》ってしまうだろう。

野球で言えば、イチロー。愛妻界の孤高の天才。サッカーで言えば、マラドーナ。愛妻界の神。

しつこいようだが、僕は妻を死ぬほど愛している。だから、真夜中に家に帰ってきて、僕のベッドに血だらけの男が眠っているのを見ても、怒ることはできなかった。

「アンちゃん……この人、誰かな？」僕はなるべく笑顔で言った。

妻の杏理《あんり》は、優しい。天使だ。栗色の長い髪。切れ長の目と広い額は知性を感じさせる。夫にとって申し分のないグラマラスな体（結婚当初と変わらないプローポーションを維持してくれている）。昔、看護師をやっていたので、面倒見もいい。

しかし、天使にもほどがある。天使界の独裁者だ。天使も限度を超えると悪魔になるということを、僕は杏理との結婚生活で学んだ。

「山倉信男さん」杏理がベッドの上の男を紹介した。若い男だ。まだ学生だろうか。

「知り合い？」

杏理が首を横に振る。

天使の才能に満ち溢れる杏理は、困っている他人を発見したら、とりあえず家に連れて帰ってくる悪癖がある。過去にも、ホームレスや迷子の小学生や謎のインド人や徘徊《はいかい》していた老人を家に連れて帰ってきた。

「叩き起こしていいかな？」僕は笑顔をキープしたまま言った。もしかすると、目の下が痙《けい》攣《れん》しているかもしれない。

「ダメよ。ぐっすり眠ってらっしゃるんだから」杏理は心配そうな顔でベッドに寄り添っている。

メラメラと嫉妬心が湧き上がってきた。「でも、これ僕のベッドだよ？　血だらけになってるし」

「シーツぐらい、また買えばいいじゃない。この人、虫の息だったのよ」杏理が眉をひそめた。いつもの顔だ。「あなたはどうして、困っている人を助けようとしないの？」と責められている気分になる。

「虫の息なら病院に預けたらどうかな」

「大丈夫。治療はしたから」

全然、大丈夫ではない。ここは、僕が二十五年ローンで手に入れたマイホームなのだ。

「警察に電話するね」僕は携帯電話を出そうとした。

「ダメよ。わけありなんだって」

「なおさら、電話したほうがいいんじゃない？」

「この人が悪人だとは限らないじゃない。もしかしたら、事情があって追われているのかもしれないし」

どうして、そんな発想ができるのだろう。杏理は頑固な天使だ。こういうときの僕の提案に耳を傾けたことがない。夫婦喧嘩に発展する前に僕が折れたほうがよさそうだ。

「……わかったよ。彼の意識が戻って、僕が悪人だと判断したら警察を呼んでいい？」

杏理は、とびきりのスマイルで頷いた。人助けができたことと、僕が折れたことが嬉しいのだ。

「ゴメンね、雅史《まさし》くん。お腹空いた？」

「ううん。大丈夫」

ペコペコに決まっている。こっちは一日中、物件を案内しまくってきたのだ。

「冷蔵庫にバナナとヨーグルトがあるよ」

それじゃあ朝ごはんじゃないかと反論したい気持ちをグッと堪える。

「ラーメン残ってる？」

「たぶん、棚にチキンラーメンがあったと思うんだけど……」

杏理は、濡《ぬ》れたタオルで山倉の顔を拭くばかりで、動こうとはしない。

「自分で探すよ……」

寝室を出て、トボトボとキッチンへと向かう。

僕の名前は、水野《みずの》雅史。三十二歳。朝の満員電車に埋もれながらも無表情で新聞を読み続けるサラリーマンを思い浮かべて欲しい。それが、僕だ。

仕事は不動産会社勤務。毎日、毎日、家を探している人たちに、物件を案内している。

杏理と暮らしているこの一軒家は、戸塚《とつか》のニュータウンにある。本当は、もう少し都内に近いところに住みたかったのだが、金銭的事情で断念した。とはいっても、戸塚は再開発が進み、かなり住みやすくなってきたので、気に入っている。

毎朝、湘南《しょうなん》新宿ラインに乗って、東京へと向かう。恵比寿《えびす》で降り、健康のために中目黒《なかめぐろ》まで歩く。

中目黒の駅前に、僕が働く不動産会社『ハッピーホーム中目黒支店』がある。

仕事は嫌いではないが、やはりストレスは溜まる。特に、中目黒は人気の街なので、若者たちが「たぶん家賃が高くて借りないけど、一度はどんな物件があるのか見てみたいから」的なノリで、ひっきりなしに来店してくるのだ。

借りる気のない相手と物件を回る虚《むな》しさ。思わず、笑顔もひきつり目の下が痙攣してしまう。しかも、今夜は部長との付き合いでさんざん飲み屋を連れ回された。僕は酒が飲めないのに、だ。バブル世代を謳歌《おうか》した部長は月に一度は豪遊しないと気がすまない。とはいえこの不況だ。ホルモン焼き、場末のスナック、大衆居酒屋コースの、プチ豪遊だが。タクシー代は経費で落ちるからいいとしても、僕の貴重な睡眠時間を返して欲しい。

お湯が沸いた。片手でネクタイを外しながら、チキンラーメンの入った丼《どんぶり》に、熱湯を注ぐ。

卵を入れ忘れたことに気づき、冷蔵庫を開ける。卵がない。正しくは、あるのだが賞味期限がとっくに過ぎている。

妻を愛してる愛してる愛してる愛してる愛してる愛してる愛してる愛してるけど、卵ぐらい買っておいてくれよ！

「雅史くん！　雅史くん！」

寝室から杏理が呼んだ。

どうやら、ラーメンさえも食べさせてもらえないらしい。僕はため息を押し殺し、寝室へと戻った。
寝室に戻ると、山倉信男が目を覚ましていた。
うっすらと目を開け、ボーッとした顔で、僕と杏理の顔を見る。まだ、意識は朦朧《もうろう》として
いるらしい。
「……ここは？」
「私たちの家よ。ここは安全だから怖がらないで」杏理が山倉信男の手を握る。
少しムカッとする。介護はいいとしても手を握る必要などないはずだ。どうも、妻は、傷
ついた主人公を助ける映画のヒロイン的ポジションに酔いがちだ。
「アンタたちは、誰だ？」山倉信男が痛みに顔をしかめ、言った。
アンタぁ？　誰ぇ？
さらにムカムカッとくる。助けてもらった分際で、何て口の利き方だ。だが、目が覚めた
ら知らない家にいるのだ。警戒して無礼な態度を取ってしまうのも無理はないのかもしれな
い。ここは許してやるのが、大人の対応というものだ。
「あなたの味方よ。安心して」杏理が、その白く美しい手を山倉信男の胸にそっと置いた。
妻よ。それは早すぎやしないか。この男が何者かもわかってないのに、そんな簡単に味方
になるのはおかしいだろう。

昔から、杏理は思い込みが激しい。たまに、思い込みの枠を超えて妄想の域までいってしまうのだ。腰の曲がった老人のホームレスを連れてきたときは、記憶喪失になったアメリカのスパイだと言って聞かなかった。

山倉信男が、部屋を見回す。

「……どうして、こんな所にいるんだ？」

こんな所で悪かったな。二十五年ローンで購入した、大切な城なんですけどね。

「私があなたを連れてきたの。山道を車で走っていたら、あなたが倒れていて……本当、びっくりしたんだから」杏理が鼻を啜《すす》る。

妻よ。なぜ涙ぐむ。

マズい。非常にマズい。どっぷりと妄想の世界に浸りこんでいる。傷だらけの男が突然目の前に現れるというドラマティックな展開に、完全に我を失っているではないか。こうなると、杏理はやっかいだ。僕の言葉に耳を貸そうとはしなくなる。一刻も早く、この男を追い出さなくては。自分の家は、自分で守る。それが、一家の大黒柱としての務めだ。

「山倉信男さんですよね？」

僕が質問すると、山倉信男がビクリと反応した。

「なぜ、俺の名前を知っている？」

「あなたが教えてくれたのよ。意識を失う前にね」

「俺が……」山倉信男が、杏理の顔を見る。「俺は……他に何か言っていたか？」

杏理が首を振った。「名前だけよ」

本気でムカついてきた。何を二人で見つめ合っているのだ。

僕は咳払《せきばら》いをして、質問を続けた。

「何があったのか説明してもらえませんか？」

山倉信男が、視線を僕に向けた。「……追われてるんだ」

追われてる？　ということは、我が家に逃亡者を匿《かくま》っているのか？　凶悪犯だったらどうするんだ？

「誰にですか？」

「アンタには関係ないだろう」

明らかに年下のくせに、何だその言葉遣いは？　コイツ、社会人の経験がないな？　やっぱり学生だ。いっぱしの口を利くのは社会の厳しさを知ってからにしろ。

「そんな言い方をするなら、うちでは預かれませんね。他の病院なり、自分の家なりに行ってください」僕は冷徹に言い放った。

「雅史くん！　かわいそうじゃない！」杏理が僕を睨みつける。

頭の血管が、ブチンと切れた。かわいそう？　かわいそうだと？　じゃあ、一日中、汗水流して働いたにもかかわらず、チキンラーメンも食べられない僕は、かわいそうじゃないのか？　夫と、正体不明の血だらけの男と、どっちが大切なんだ？

「わかったよ」僕は寝室を出た。目の下の痙攣が激しくなる。

「どこ行くの？」杏理が追いかけてくる。

「少し、頭を冷やしてくるよ」

杏理が何かを言おうとしたが、無視して家を出た。

車に乗り込み、エンジンをかける。どこかで飯を食べよう。こんな時間にはファミレスしか開いていないが、のびたインスタントラーメンよりはマシだろう。

妻と見知らぬ男が、家で二人……。だが、大丈夫だろう。あの傷だ。まともに動くことはできないはずだ。

僕は、車を発進させ、忌《い》ま忌《い》ましい我が家をあとにした。

16 ファミレスに現れた男たち

国道沿いにある近所のファミレスに着いた。

一人で、メニューを見て、何を食べようかと考える。

二択にまで絞った。和風ハンバーグにしようか……ステーキ丼にしようか……。

深夜二時にもかかわらず、店内は混雑していた。ほとんどが若者のグループで、中年の一人客は僕だけだ。が、全く淋《さび》しくはない。この年になれば、一人の時間が苦痛ではなくなる。逆に、その時間が貴重になってくるのだ。

「お決まりでしょうか」

ゾンビみたいな顔色のウエイトレスが、注文を取りにやってきた。目がギョロつき、体も細く、異様に猫背だ。暗闇で会ったら、本当にゾンビだと思ってしまうだろう。よく見ると身長が異様に高い。一八〇センチはある。ノッポがコンプレックスで猫背になってしまったのか。

人のことはどうでもいい。まずは、己の胃袋だ。

ステーキ丼に決めた。ドリンクバーも付ける。

「ステーキ丼とドリンクバーですね……」

注文を繰り返したが、弱々しく、そのくせ低音で、声までもがゾンビのようだ。

「ステーキ丼のほうに、お吸い物かお味噌汁が付きますのでお選びください……」

ゾンビは、若い。恐らく、二十代前半だろう。

女の子が、こんな深夜に、働くなんて……。何だか、痛々しくて、胸が痛くなる。あれだけお腹がペコペコだったのに、なんだか食欲が薄れてきた。

この負のオーラにこの色気のなさ、たぶん、彼氏もずっといないだろう。おそらく処女だ。処女に決まっている。これだけゾンビにそっくりな女の子はコンパに呼ばれたこともないだろう。場が一気に盛り下がること間違いなしだ。雇うファミレス側もすごい。よほど、人手が足りないのだろうか？

この子、子供のころは、ずいぶんとイジメられたんだろうな……。幼い男子は残酷なものだから。この先結婚も難しそうだ。かわいそうに。僕と杏理のような素敵な家庭を永遠に築くことはできないのだ。

「あの……お吸い物かお味噌汁を……」ゾンビ女が困った顔で訊いた。

想像を膨らませすぎたことを咳払いで誤魔化して、お吸い物を選ぶ。

ゾンビ女が、テーブルを去っていった。名札で彼女の名前を確認しようとしたが、ソースか何かで滲んでいて読めなかった。

杏理からメールが入っていないか、ケータイを確認する。気にならないと言ったら嘘だ。ケガ人とはいえ、他の男と寝室にいるのだ。さっさとステーキ丼を胃袋にかき込んで、家に帰ろう。

その男たちは、ステーキ丼を食べている途中にやってきた。

当たり前のように僕の前に立つと、無断で、僕のテーブルに座ってきたのである。

誰だ？　この人たちは？

一人はライダースジャケットに身を包み、昔、マンガで見た刑事のような古くさい印象だ。もう一人は顔も服装も地味だけど、ちょっと雰囲気のある男で、喩えるなら中古レコード屋の店主か喫茶店のマスターといったところか。

「お話があります」

〝刑事〟のほうが言った。

僕は、きょとんとして丼をテーブルに置いた。

「人違いではないですか？」僕は話を聞く前に、刑事の言葉を遮った。

〝刑事〟が〝喫茶店のマスター〟をうかがうように見る。

「いや、この人で間違いない」〝マスター〟が、確信に満ちた顔で言った。

一体、何の茶番だ？　僕はキョロキョロと周りを確認した。誰もこっちのテーブルを気にする様子もなく、食事や会話を楽しんでいる。

「お先です……」

私服に着替えたゾンビ女が、レジの店員に頭を下げて店を出て行くのが見えた。あがりの時間なのだろう。

僕も帰ろう。妻が待っている我が家へ。

「待ってください」

立ち上がろうとする僕の肩を〝刑事〟が押さえた。強引に、もう一度座らされる。すごい力だ。

怖くなってきた。大声で叫びたい。周りの若者たちは自分たちの話に夢中で、こっちのテーブルの異変には全く気づいていない。

「話を聞いて欲しいんです」〝刑事〟が、真顔で僕の目を覗き込む。

「な、なんなんですか？　あなたたちは？」また、目の下が痙攣を始めた。

「説明してる暇はありません。奥さんが殺されようとしてます」〝刑事〟が落ち着いた声で言った。

「奥さんって……誰の？」

「あなたのです」

殴ってやろうかと思った。しかし、二人の気迫に包まれて、体が動かない。

借りる気がないのに物件を見たがる人間を毎日相手にしているおかげで、僕は嘘には敏感だ。だから、わかる。この二人の目は、嘘をついていない。

「ぼ、僕の妻が殺されるんですか？」

二人が同時に頷く。

〝マスター〟が、言った。

「今、あなたの家に見知らぬ男がいませんか？」

血の気が引いた。頭の中が真っ白になる。

「います。血だらけの男が……」寝室のベッドにと言いかけてやめた。何だか体裁が悪い。

「名前は山倉信男って言ってましたけど」

〝刑事〟と〝マスター〟が、同時に舌打ちをした。

大いなる疑問が一つある。なぜ、この男たちは、そのことを知っているのだ？

「どうして――」

「ですから説明している暇はありません！」〝マスター〟が、僕の言葉を遮る。

「急ぎましょう！　あなたの家に案内してください！」〝刑事〟が立ち上がって、僕を促す。

ピンときた。

僕は昔から勘が鋭いのだ。

これは新手の詐欺ではなかろうか？　その詐欺がどういう仕組みかまでは想像がつかないが、そんな気がする。こんな時間にファミレスで、「あなたの奥さんが殺されようとしてます」と言われて、信じるほうがおかしい。

間違ない。この二人と、家にいる山倉信男という男は、グルだ。手を上げて「助けてくれ」と大声で叫ぼう。「警察を呼んでくれ」と。店員か客の誰かが電話してくれるだろう。

勢いよく上げようとした手を、〝マスター〟に摑まれた。

「警察を呼んでも無駄です」

寒気がした。まるで、心の中を見透かされたようだ。

「警察ならここにいる」〝刑事〟が、警察手帳を出した。本物の刑事だったのだ。

「あまりにも、話が唐突過ぎて、信じることができませんよ」

僕は反論した。さすがに周りの若者たちも、バカ話をやめてこっちを見ている。初老の店員がやってきた。明らかに、支配人といった風貌《ふうぼう》だ。

「お客さま……大変申し訳ございませんが、他のお客さまのご迷惑にならないように」

そこまで言うと、〝刑事〟の裏拳が、支配人の顔面にヒットした。支配人がうーんと唸って床に倒れる。

「すまん。議論している場合じゃないんだ」

「行き」の半分の時間で、家に帰り着いた。

「ここか？」

〝刑事〟が警戒した目で、周りを見る。

「あの……山倉信男っていう男は何者なんですか？」

「知らないほうがいい」

〝刑事〟が先に車を降りる。あまりにも勝手だ。〝マスター〟の車も、すぐに着いた。僕も車を降りようとしたが、〝刑事〟に止められた。

「ここにいろ。家の鍵だけ貸してくれ」

いい加減にしろよ！　ここは僕の家だぞ！

だが、「殺されたくないだろ」と言われて大人しく鍵を渡した。

二人の男が、僕のマイホームの玄関に足音を忍ばせて近づいていった。

ポツンと一人残される。

最悪の夜だ。

数分も経たないうちに、とんでもなく不安になる。

車を飛び降りた。

「あの……」

背後からいきなり声をかけられ、心臓が口から飛び出しそうになる。

「少しだけお話を聞いてもらえませんか？」

振り返るとそこに、ゾンビ女がいた。

17　ゾンビ女の告白と夫婦喧嘩

暗闇にゾンビ女。

思わず腰が抜けそうになった。

なぜかはわからないが、さっきのファミレスのウエイトレスが、僕の前にいる。尾行されたのか？　よく見ると、少し離れた場所に原付のバイクが停めてあった。

「今、付き合っている人いますか？」ゾンビ女が、何の前触れもなく言った。

暗いし、彼女の皮膚感的にわかりにくいが、どうやら、赤面して照れているように見える。

いきなり、付き合っている人って言われても……。この女、告白するつもりか。僕は結婚しているし、愛妻家だし、今、マイホームには、血だらけの男と〝刑事〟と〝喫茶店のマスター〟がいるのだ。呑気に告白なんか受けている場合ではない。しかも深夜だし。無礼な女は嫌いだ。

「ごめん。僕、結婚してるんだ」

「全然、不倫とかオッケーです」

こっちがオッケーじゃないのだ。愛妻家だから、若い女の子とそういう関係になるなんて九九％ありえない。

残りの一％は、もしも目の前に「とんでもない可愛い子が現れたら」のためにとってあるのであって、決してゾンビ女のためではない。

こんなどうでもいい女より、気になるのは、今、家の中がどういう状況になっているのかだ。

「とりあえず、こんな時間だし、帰ってくれないかな？」僕はゾンビ女を追い返そうとした。

しかし、ゾンビ女は下を向いて、モジモジしたまま動かない。

「あの……君さぁ……今日、僕と会ったばっかりだよね？」

コクリと頷くゾンビ女。頷き方も不気味だ。遠い昔に観た、マイケル・ジャクソンの『スリラー』のＰＶを思い出す。

「でも、好きなんです」ゾンビ女は引き下がらない。

「あのさぁ……」

「愛してるんです」

「愛してるはないでしょう！」

思わず大きな声を出してしまった。ゾンビ女がメソメソと泣きだす。

僕は愛妻家だが、紳士でもある。泣いている女の子に罵声《ばせい》を浴びせかけるなんて言語道断だ。だが、今はそれどころじゃない。

「いい加減にしろって！　お前、どういう物の考え方をすれば、会ったばっかりの他人に告白できるんだよ！　こんな時間に人の家までやってきて！　帰れ！　帰れって！」

これだけ言えば帰るだろうと思った僕が甘かった。

「運命を信じたいんです！」

運命。デスティニー。僕も、それを杏理に感じて結婚した。運命的な演出が良かろうと思って、初めて出会った場所（居酒屋。コンパで出会った）でプロポーズをした。

だが、しかし。ゾンビ女に運命を語る資格はない。かわいそうだが、そういうものだ。

決めた。こういう女の対処法は一つしかない。

無視だ。

僕はぷいっと顔を背け、マイホームの玄関へと歩いた。

驚いたことにゾンビ女がついてくる。

「なんでついてくるんだよ！」

「話がまだ終わってないからです」ゾンビ女が薄い下唇を噛む。

「終わったよ。誰がどう見ても終わったの！　僕は君と付き合う気は全くない！」

玄関の鍵は開いているはずだ。〝刑事〟たちが入っていったのだ。家の中がどういう事態になっているか、すごく気になるが、入れない。

ゾンビ女が、背後霊のようにぴったりと僕の後ろにくっついているからだ。ゾンビ女なのか霊なのかはっきりしてくれ。堪忍袋の緒がぶちぎれそうになる。

このまま家に入ったら、間違いなく一緒についてくる。

愛妻家として、それだけはダメだ。若い女の子（と言ってもゾンビ女だが）と深夜、帰宅するなんて愛妻家失格だ。

「なによ、あの人たち」

ドアが向こうから開いた。杏理がブツブツ言いながら開けたのだ。

良かった。とりあえずは無事だ。ホッと胸を撫でおろそうとしたのも束の間、ゾンビ女が僕と杏理の間にグイッと割り込んできた。

「奥さんですか？」

「えっ？」杏理が、僕の顔とゾンビ女を交互に見る。「はい。そうですけど」

『私が誰だか、わかってるんでしょ？　鳴美よ！　アンタの妻よ！』

わかるわけがないが、どうやら向こうも夫婦の問題のようだ。

「猿渡って誰‼」杏理が、ヘリを見上げながら叫ぶ。プロペラの音が大き過ぎるのだ。

「知らないよ‼」僕も叫び返す。

「鳴美って誰‼」

「だから、知らないって‼」

「あの女も浮気相手⁉」

あの女も？　も？

「も？　ってなんだよ‼」

「聞こえない‼」

「も？　ってなんだよ！！！」

「だから、聞こえないってば！！！」

絶対に聞こえているはずだ。僕には杏理の声が聞こえている。

「浮気なんてするわけないだろ！！！」

愛妻家としての誇りが傷つく。

「じゃあ、この女は誰よ！！！」杏理が倒れているゾンビ女を指す。

ていく。

「本当に誰かも知らないんだよ！！！」

一体何が起こっているのかわからないが、昨日までの僕の幸せな人生が、音を立てて崩れていく。

ヘリからスピーカー女が怒鳴る。

『大人しく山倉信男を引き渡しなさい！』

杏理の顔色が曇る。

「どうやら君が連れてきた男が事の発端らしいぞ！！！」僕はさらに大きな声で叫んだ。

「聞こえない！！！」

どれだけ都合のいい耳だ。

ヘリからするするとロープが降りてきた。そのロープを伝って、重装備の男たちが我が家の前に降りてくる。よく見ると、男たちは機関銃みたいなものを背負っている。ハリウッド映画で観たことのあるシーンだ。だが、それを神奈川県の戸塚区の我が家でやって欲しくはない。

男たちは計五人降りてきた。そのあとに、明らかに女性のシルエットの重装備姿が降りてくる。スピーカーの声の本人だろうか。

玄関のドアが開いた。

〝刑事〟が緊迫した顔で、僕と杏理に叫ぶ。「家の中に入れ‼」

咄嗟《とっさ》のことで足が動かない。

「早く‼」ドアの隙間から〝刑事〟の手が伸びる。杏理が、先に家の中に引っ張りこまれた。僕も続こうとしたが、足が動かなかった。

あまりにも動かないので、足もとを見た。

ゾンビ女が両手で僕の両足をガッチリと摑んでいる。どうりで、動かないはずだ。

ヘリから降りてきた五人の男と一人の女が、我が家の前に揃った。

ヘリが上空へと去って行く。再び、静寂が戻った。

男女はみな、黒いマスクに黒い防弾チョッキ。手には機関銃を持っている。近代的な忍者の一団にも見える。一刻も早く、この場所から離れないと、とんでもないことになりそうだ。

しかし、動けない。ゾンビ女が凄い力で僕の足を押さえつけている。

目の前はハリウッド。足元はホラー。幸せな人生は完全に崩れ落ちた。

「は、離せ！」僕はゾンビ女を怒鳴りつけた。

「嫌です！」ゾンビ女が必死の声で叫ぶ。

もう一度、殴ってやりたいが、後ろ側から足首を摑まれているので、どうしようもない。

「た、頼む、離して！」

しまった。

「じゃあ、付き合ってくれますか！」

「わかった！　付き合うから！」

ゾンビ女のもの凄い執念におされ、さらに助かりたい気持ちが勝ち、思わずオッケーして
しまった。

足が軽くなった。ゾンビ女が手を離したのだ。

もちろん、嘘も方便だよ。という意味をこめて、もう一発ゾンビ女にお見舞いしようかと思ったが、遅かった。忍者の一人が、飛び掛かってきた。タックルで倒される。

小便が漏れた。不動産会社でしか働いたことがない僕に、ハリウッド映画のアクションは荷が重い。

「確保！」忍者が叫んだ。

僕の顔の前に、ずらりと銃口が並んだ。

18　マイホームの危機

小便を漏らしたのは、小学生のとき以来だ。授業中、どうしても「トイレに行きたい」と

先生に言い出せなくて漏らしてしまった。あのときはクラス全員に笑われ、哀しかった。

おっと、切ない思い出に浸っている場合ではない。今の僕はブルース・ウィリスも真っ青なダイ・ハードな状況なのだ。

「まず、お聞きします。僕のことを、どなたか誰かバイオレンスな方と勘違いしていませんか？」僕は、機関銃を構えて並ぶ男たちに低姿勢で訊いた。「この家は、善良な市民の家なんですけど……」

男たちの間から、背の低い女が現れた。マスクをしていて顔はわからない。

「水野雅史さんですね」

やはり、さきほどのスピーカーの声だ。

「どうして、僕の名前を――」

「質問しているのは私です」

女がピシャリと遮る。女教師のような口調だ。確か、ヘリからは鳴美と名乗っていた。

「はい……水野雅史です」

「これが、アナタの奥さん？」鳴美が、玄関前に転がっているゾンビ女を指した。

「そんなわけないでしょう！」僕は必死で否定した。

鳴美が、ゾンビ女に直接訊いた。「どうなの？」

「妻です」ゾンビ女が堂々と答える。

「どっちなのよ?」鳴美が僕を睨んで、機関銃を突きつけた。

「と、とりあえず、その物騒な物を下ろして——」

「答えなさい」

またピシャリと言われた。

「妻ではありません」

「妻です」ゾンビ女がしつこく食い下がる。

この女、頭がおかしいんじゃないのか?

「じゃあ、妻ってことでいいのね?」鳴美の言葉に、ゾンビ女が頷く。

なんだか、どうでもよくなってきた。あまりにも事態が勝手に進みすぎている。煮るなり焼くなり、好きにしてくれの心境だ。

「杏理さんね」

鳴美は妻の名前まで知っていた。ヘリでの登場といい、一体この連中は何者なのだろうか?

「はい。妻の杏理です」

ゾンビ女が、またもやしれっとした顔で頷く。

「どうして山倉信男を助けたの？」

鳴美の質問に、ゾンビ女が目をパチクリとさせた。

「もう一度だけ聞くね」鳴美がマスクの下でため息をついた。「どうして、山倉信男を助けたの？」

「た、助けたかったからです……」ゾンビ女が、しどろもどろに答える。

鳴美が僕を見た。明らかに、マスクの下で眉をひそめている。

「誰？　この女？」

「僕も知りません」

「知り合いじゃないの？」

「今日、初めて会いました」

鳴美が舌打ちをして、後ろの男たちに指示を出した。

「眠らせて」

男の一人が、スプレーを取り出し、ゾンビ女の顔にプシュと吹きかけた。

「何すんのよ！」ゾンビ女は顔を歪めるが、眠らない。

プシュ、プシュ、プシュ。動揺した男が、何度もスプレーをかける。

突然、ゾンビ女が、泡を吹いてひっくり返った。いびきをかいて眠りだす。

「ちょっと、かけ過ぎじゃないの？」

「すいません」男が、鳴美に謝って後ろに下がる。

「本物の奥さんは？」鳴美が僕に訊いた。銃口が気になって仕方がない。

「家の中です」

「山倉信男以外には何人いるの？」

〝刑事〟と〝マスター〟のことだ。

「二人です」と正直に答える。

「ドアを開けて」

ああ、やっと家に入れる。僕は、ドアノブに手をかけた。

「動くな」

ドアを開けると、すぐそこに〝刑事〟が立っていた。隣には、血だらけの山倉信男がいた。

山倉信男のこめかみには、〝刑事〟の銃が突きつけられていた。相変わらず血だらけだった。

「武器を捨てろ！」〝刑事〟が、僕のマイホームの玄関口で叫ぶ。

山倉信男は、立っているだけで精一杯といった感じだった。〝刑事〟にもたれかかるように体を預けている。目も虚ろで、意識があるのかどうかも定かではない。

「お願いだから邪魔しないでよ」鳴美が一歩前に出て、〝刑事〟に言った。

「近づくんじゃない！」〝刑事〟が、山倉信男のこめかみに銃口をグイッとめりこませる。

「こいつの頭を吹っ飛ばすぞ！」

鳴美がわざとらしくため息を漏らす。「あのね……無駄な努力はやめてくれないかな？」

その言い方は、ダメ亭主に呆れる妻そのものだった。

そういえば、ヘリのスピーカーから、「アンタの妻よ」と言っていた。本当にこの二人は結婚しているのだろうか？

銃声が響いた。

〝刑事〟が威嚇《いかく》射撃をしたのだ。

玄関の上から、パラパラと天井の欠片《かけら》が落ちてくる。お願いだから、勝手に人のマイホームに穴を開けないで欲しい。

「鳴美」〝刑事〟が、低い声で言った。「下がれ。お前を撃ちたくないんだ」

鳴美がマスクを脱いだ。思っていたよりも普通の日本人女性だった。年齢は三十代前半といったところか。機関銃よりも買い物カゴが似合う顔だ。登場からして、てっきり、素顔はアンジェリーナ・ジョリーのようなハリウッド・ウーマンじゃないかと想像していたのだが。

「やっぱり結婚するんじゃなかったね」鳴美がポツリと言った。涙ぐんでいるようにも聞こえた。

「今さら遅いよ」〝刑事〟も力なく答える。

「愛さえあれば、何だって乗り越えられると思っていた」

「俺もだよ」〝刑事〟が頷く。

「あなたを信じた私が馬鹿だった」鳴美の声が震える。本格的に泣きそうだ。

「俺もお前の期待に応えられるようにと努力はした……」

「期待って何？」鳴美が声を荒らげる。「猿渡と桃山の争いを見て見ぬふりすること？」

夫婦の問題なら、自分の家でやって欲しい。人の家の前で、しかも銃を突きつけあいながらするような話だろうか。

よく事情はわからないが、格式高そうな二つの家のトラブルに、僕は巻き込まれたらしい。

「何の正義感か知らないけど、引っ込んでくれる？」鳴美が、機関銃を自分の夫に向けた。

「山倉信男は渡さない」〝刑事〟も引かない覚悟だ。

「愛は終わったの？」鳴美の目から涙がこぼれた。

だから、湿っぽい話は、自分の家のキッチンででもやってくれって。鳴美の後ろに並ぶ男たちも、マスクで顔は見えないが、明らかにイライラしている気配がする。

短い沈黙を〝刑事〟が破った。

「悪いな」

〝刑事〟が、銃口を鳴美に向けた。とっさに鳴美が横っ飛びで転がる。

二発の銃声。

僕も転がった。と言うより倒れこんだ。

五人の男たちも、一人、また一人、と倒れる。〝刑事〟が撃ったのだ。

次は男たちの機関銃の番だった。〝刑事〟が山倉を連れて家の中に入り、ドアを閉めた。

「やめてくれ！」と叫ぶ間もなく、何十発もの銃声が、ご近所に響きわたる。

マイホームのドアが、跡形もなく吹っ飛んだ。

〝刑事〟と山倉信男はいなかった。家の奥に逃げたのだ。

「突撃！」鳴美が叫ぶ。

鳴美と三人の男が、戦場の兵士たちのような動きで、マイホームにズカズカと入っていく。

言うまでもないが、土足だ。

機関銃の爆音で、気絶していた杏理が目を覚ました。ドアの向こうに倒れていたのだ。男の一人が、遠慮なしに妻の上を通っていった。

「グエッ！」

腹の上を走られて、妻がえずく。

愛妻家として、さすがにキレた。家を壊すのはかまわないが、妻を踏むとは何事だ。僕は妻を飛び越え、妻を踏んだ男に後ろからタックルした。

男は後ろからの攻撃を全く予想していなかった。くつ箱の角に思いっきり顔面を打ちつけてひっくり返った。

僕は、男のポケットに手を突っ込んだ。

あった。さっき、ゾンビ女を眠らせたスプレーだ。

僕は、暴力が大嫌いだ。

喧嘩も数えるほどしかしたことがないし（しかも、すべて小学生のときだ）、街で強面のお兄さんに遭遇すると、何もしていないのに距離を取って、やっかいごとに巻き込まれないように警戒してしまう。要は、臆病者なのだ。人から殴られたくないし、殴りたくない。テレビの格闘技番組は嫌いではないが、自分が暴力に直面するのはまっぴらごめんだ。

そんな僕が、今、機関銃を持った男の上に馬乗りになっている。

手には、よくわからないスプレー。これで、ゾンビ女は気絶させられた。クロロホルムか何かの成分が入っているのだろうか。とにかく、不動産会社勤務の僕には、これまで全く無縁だった武器だ。

妻のため、男にタックルした。愛妻家として、勝手に体が動いてしまったのだ。偶然のヒットで、男は顔面をくつ箱に打ちつけてもがいている。

鳴美や他の男たちは、とっくに家の奥に進んでいた。

ラッキー、この上ない状況だ。

僕は、男の顔にスプレーを吹きかけた。どれぐらいの量を吹きかければ効果があるのかわからなかったので、とりあえず、十秒以上噴射した。

「ぐぶぶぶぶ」マスクの下で、男が泡を吹いた。

男の体からガックリと力が抜ける。眠ったようだ。

「な、なにやってんの？」杏理が、上半身を起こして僕を見た。

「とりあえず、倒した」

僕は、肩で息をしながら答えた。膝が笑っている。小学生以来の暴力に興奮しているみたいだ。

男の手から機関銃を奪った。もちろん、使い方なんて全くわからない。漫画か何かで読んだ記憶を探る。たしか、安全装置というものがあったはずだ。いや、すでに発砲して僕のマイホームのドアを破壊してるのだから安全装置は解除されているのか？

「ちょっと、な、なにしてるの？」杏理は、機関銃を弄《いじ》る僕に質問した。

「僕たち夫婦の幸せを壊した連中をやっつけるんだよ」

「……本気なの?」

僕は頷いた。もちろん、暴力は嫌いなので、撃つつもりはない。妻に夫としての強さを見せるための一種のパフォーマンスだ。

「そうなの……」杏理がヨロヨロと立ち上がる。

「そうさ」僕は、見よう見まねで機関銃を構えた。

「頑張ってね」妻が、家から出て行こうとした。

「えっ？　どこに行くの？」僕は、機関銃を構えながら訊いた。

「実家に帰らせてもらいます」

寝耳に水だ。

実家に帰らせてもらいます。その言葉は、愛妻家にとっては死刑宣告にも等しい。

「どうして、実家に帰るの？」僕の目は、すでに潤みはじめた。

「離婚の準備をするために決まってるじゃない」

「どうして……」僕の目から大粒の涙がこぼれた。

「裏切ったのはあなたのほうでしょ？」

「裏切ってなんかない！」

「じゃあ、この女は誰よ！」

杏理が玄関先で転がっているゾンビ女を指した。

「知らない！」

なぜ僕は、機関銃を持ちながら夫婦喧嘩をしているのだろう。

杏理が深い深いため息をついた。彼女のこんなにも深いため息を聞いたのは結婚して以来初めてだ。

「さよなら」杏理がマイホームから去ろうとした。

「動くな！」僕は杏理の背中に機関銃を向けた。

このまま別れてしまえば、二度と会えない気がしたのだ。

「動くと撃つぞ！」

自分でも正気じゃないことはわかっている。しかし、杏理が隣にいない人生なんて、生きる価値は一ミリもないのだ。

「私を撃つの？」杏理が哀しい目をして僕を見た。

「撃ちたくない」僕も、精一杯、哀しい気持ちで杏理を見た。

「最後にもう一度だけ質問をするから、嘘をつかないで」

僕は頷いた。

「この女は誰？」杏理が倒れているゾンビ女を指す。

「頭のおかしいストーカー女だ」僕は、途中で遮られないように、早口でまくしたてた。「さっき、食事に行ったファミレスのウエイトレスなんだよ。勝手に僕に一目惚れして、ここまで尾行してきたんだ」

「本当に？」杏理が、僕の目の奥を覗き込む。

「誓って本当だとも。嘘なら、この機関銃で頭を撃っていい」

「この女を撃って」杏理がゾンビ女を憎々しげに見た。

「へっ？」妻の口から出た言葉に、僕は耳を疑った。

「頭のおかしいストーカー女なんでしょ？　撃って」

妻の目は真剣だ。

「……殺すの？」

「迷惑な女でしょ？」

「迷惑だけど……」

「じゃあ、殺して」

ゴキブリじゃないんだから、そんな簡単に殺せるわけがないだろう。そう反論したいが、杏理の迫力に押されてしまう。

「僕が捕まってしまうよ……」

「大丈夫よ。こいつのせいにすれば」杏理が、家の中で倒れている男を指した。「私が証言してあげる」

妻は僕を試している。〝踏み絵〟ってわけだ。浮気をしていない証明として、ゾンビ女を撃てと言っている。結婚して初めて、妻の本性を知った。女は、愛のためならこんなにも恐ろしく変貌《へんぼう》するものなのか。

「さあ、早く。撃ってよ」

妻が急《せ》かす。何の罪もない（厳密に言えばあるのだが）一般人を撃てと急かす。

僕は、機関銃をゾンビ女に向けた。銃口が震える。ダメだ。撃てるわけがない。僕は、銃口をゾンビ女から外した。

「弱虫」杏理がへの字口で睨んできた。「意気地なし」

「ごめん……」

「何に謝ってるの？」

「愛を証明できなくて、ごめん……」

杏理が、僕に背中を向けた。かける言葉がみつからない。

その背中を呆然《ぼうぜん》と見送っていると、家の中で激しく機関銃が鳴った。信じられないことに、奴らは僕のマイホームで銃撃戦をやっているのだ。

逃げよう。これ以上、巻き込まれるのはいやだ。

僕は、家の前に停めてある車へと走った。杏理の姿はもうなかった。たぶん、これが永遠の別れだ。自然に涙ぐんでいる。目の前が霞《かす》んで、よく見えない。僕は、車に乗り込んで、ゴシゴシと涙を拭いた。

車のエンジンをかけた。さっさと発進すればいいものを僕の心の中にある中途半端な正義感がそれを許さない。

「ちくしょう！」

僕は、ハンドルを殴り、車を飛び出した。玄関先までダッシュし、ゾンビ女をお姫様抱っこする。

何をやってるんだ？　どうして、頭のおかしいストーカーなんかを助けなくちゃいけないんだ？　しかも、この女、めちゃくちゃ重い。腰の骨がミシッと鳴る。僕はヨタヨタしながら、後部座席にゾンビ女を放りこんだ。トランクに入れてやろうかと思ったが、さすがにそれはかわいそうだと思ってやめた。

かわいそう？　ストーカーに？　今夜の僕は、どうかしている。

アクセルを踏もうとした瞬間、二つの影が飛び出してきた。

〝刑事〟と、〝マスター〟だ。

「グッドタイミング！」〝刑事〟が助手席、〝マスター〟が後部座席へと飛び込んでくる。まるで、僕が車を動かすのを待っていたみたいだ。

「逃げろ！」〝刑事〟が耳元で怒鳴る。

僕は、慌ててアクセルを踏み込んだ。

「あの……山倉信男という男は？」

僕の質問に、〝刑事〟が悔しそうに答える。「奪われたよ。あの連中にな」

19　ゾンビ女の正体

僕は、ファミレスの駐車場に車を停めた。数時間前、〝刑事〟と〝マスター〟と出会った店だ。

とりあえずは、後部座席でいびきをかいて眠っているゾンビ女を車から降ろさなくてはならない。もちろん、ゾンビ女の名前も住んでいる場所もわからないので、ここに戻ってきたというわけだ。

「何者なんだよ、この女？」〝刑事〟が気味悪げに後ろを振り返った。

「聞かないでください」僕は振り返らずに答えた。

「ツヨシ、お前の能力で何とかわからないか？」どうやら、〝マスター〟は、ツヨシという名前らしい。

「だから、俺は勘が鋭いだけだって」

後部座席のツヨシは、迷惑そうに答える。

見れば見るほど地味な男だ。銃よりもコーヒーカップが似合う。どうして、こんな一般人が、今夜のような銃撃戦に巻き込まれているのだろうか。〝刑事〟の言う〈能力〉というのに関係がありそうだ。勘が鋭いと言っていたが、予知能力でもあるのだろうか。

一体、何の能力だ？　美味しいコーヒーの淹れ方や良質なコーヒー豆の選び方のことを言っているわけじゃないだろう。

〝刑事〟の名前も訊いておいたほうがよさそうだ。

「あの……お名前は？」僕は、おずおずと助手席にふんぞり返る〝刑事〟に訊いた。

「猿渡」〝刑事〟が、ぶっきらぼうに言った。

……猿渡。

さっき、鳴美という女が、猿渡家と桃山家がどうのこうのと言っていた……。とすれば、今回の騒動の当事者というわけだ。

「まずは、この不気味な女を降ろそう」猿渡が言った。

銃撃戦を乗り切った男でも、ゾンビ女は気味が悪いのだ。僕たちは協力して後部座席からゾンビ女を引きずり下ろし、駐車場の隅に放置した。心の底からホッとした。これでようやく、この女からおさらばできる。それより、杏理はどこに行ったのだろう……。だが、考えても仕方がない。僕の妻は、世界一頑固だ。「別れる」と言ったからには、二度と僕の前に姿を現さないだろう。考えまい。本当は、声を出して泣きたいのだけれども。

「クソッ」猿渡が舌打ちをした。

「どうしました？」

「カメラがあるじゃねえか」

僕は慌てて、周りを見回した。

あった。猿渡の言うとおりだ。ファミレスの屋根に設置されている監視カメラがこっちを向いていた。距離はそこそこ離れているが、あれがダミーじゃない限り、男三人が、気を失っている女を車から降ろして捨てる行為が、バッチリと撮られているはずだ。

「早くここから離れたほうがいいな」

猿渡の言葉に、僕は慌てて運転席に飛び乗った。他の二人も乗ってくる。

「あの……」

「何だよ？」猿渡が睨みを利かす。

「そろそろ別行動しませんか？」

「どうして？」

「どうしてって……これ、僕の車ですし。僕、一般市民ですし」

「俺だって一般市民だよ」ツヨシが、口を尖らせる。

「お願いします！」僕は、ハンドルに額がつくほど頭を下げた。「これ以上、僕を巻き込まないでください！」

「マズい……店員が出てきたぞ」

猿渡の声に頭をあげると、たしかに入口から訝《いぶか》しげにこちらを見ている。しかも、手には電話の子機を持っているではないか。

「どこにかけているんですかね？」

「決まってるだろう。警察だよ」

現役の〝刑事〟にそう言われたら逃げるしかない。

結局、二人の他人を乗せたまま車を発進させた。

いつになったら、この最悪な夜は終わるのだろう。わずかだが、遠い空が明るくなってきている。

突然、着メロが鳴った。『星に願いを』だ。僕の携帯電話ではない。男たちも顔を見合わせている。

「……これだ」後部座席のツヨシが足元から黄色い携帯電話を拾い上げた。

持ち主がわかった。ゾンビ女だ。

「窓から捨ててください！」僕はハンドルを握りしめて叫んだ。

「まあ、そう慌てるな」猿渡が、ツヨシから携帯電話を受け取る。「あの女の身元を確認してからでも遅くはないだろう」

猿渡が、着メロが鳴りやむのを待ち、携帯電話を勝手に弄り出す。ゾンビ女の物とはいえ、他人の携帯を勝手に見る人間は嫌いだ。

「へぇ。あの女、愛子《あいこ》って名前だって。愛子はねえだろう」猿渡が鼻で笑う。

愛子って……。たしかに、あまりにも名前と顔にギャップがありすぎる。

僕は、運転しながら無意識に歩道を見た。どうしても、杏理を探してしまうのだ。見つけたところで、どうすればいいのかはわからないが。

「止めろ」猿渡が突然、鋭い口調で言った。「車を止めろ」

猿渡が、僕の目の前に、携帯電話の画面を差し出した。僕は、思わず急ブレーキを踏んだ。

「おい！　危ねえだろう！」

ツヨシが前のめりになって怒鳴る。こいつの能力は、〝予知能力〟じゃないのか？　僕は、猿渡の手から携帯電話を奪い、もう一度、画面を確認した。やはり、見間違いではなかった。

画面には、見知らぬ女の顔がアップで写されていた。携帯電話のカメラの画像だ。女の顔は恐怖に歪み、その顔のまま、息絶えていた。

なぜ、息絶えているとわかったのか。首に傷口があり、そこから尋常ではないほど出血しているからだ。

「ナイフで一気にやられてるな」猿渡が低い声で言った。「他の画像データも見てみろ」

僕は言われるがまま、データを開いた。

色々な女が、同じやり方で殺されている。

なんだ、これは？

胃の奥から、酸っぱいものがこみあげてきた。

「こんな酷いこと……誰がやったんですか？」

「携帯の持ち主、愛子だろうな」

ゾンビ女が？

気安く〝愛子〟と呼び捨てにする猿渡にも吐き気がする。

「お前の言うとおり、愛子は狂ったストーカーなんだ」猿渡が悟ったように言った。

「もしかして……この殺されている女の人たちは……」

僕は喉が詰まり、その先の言葉を続けることができなかった。

再び、ゾンビ女の携帯電話が鳴った。『星に願いを』の着メロが不気味に思えるのは初めてだ。

「誰からかかってきている？」猿渡が訊いた。

「公衆電話です……」僕は、画面を見て答えた。

「出てみろ」

「えっ？」僕は携帯電話を落としそうになった。

「本人からだよ。こんな時間だ。間違いない」

僕は、言われるがままに電話に出た。「もしもし……」

『なに、人のケータイをパクってんのよ……』

荒い息が聞こえる。ゾンビ女の声だ。

「パクってない。お前が置いていったんだろう？」

『全然、覚えてないわ。私に何をしたの？』

「お前こそ、何をしたんだよ！　誰なんだよ！　この写真の女の人たちは？」

『見たのね』電話の向こうで、ゾンビ女が笑ったような気配がした。『私の恋の邪魔をした人たちよ』

この女の人たちは、ゾンビ女が一方的に惚れた男たちの妻や恋人たちなのだ……。

「お前が殺したのか？」

『そうよ。文句ある？　あなたの奥さんの顔も覚えたから』

「えっ？」

『早く携帯返してよね。奥さんの写真が撮れないじゃない』

「てめえ！　杏理に手を出してみろ！　お前をぶっ殺すぞ！」

電話が切れた。公衆電話だ。こっちからかけ直すわけにもいかない。

僕はアクセルを踏み、カーチェイスばりに車をUターンさせた。一瞬ヒヤリとしたが、恐怖は感じない。一刻も早く、ゾンビ女よりも早く、杏理を見つけないと、殺されてしまう。

「てめえ、どこに行くんだ！」猿渡が体を支えながら叫ぶ。

「決まってるでしょ！　妻を探すんですよ！」僕は心の奥底から叫んだ。

杏理、お願いだ。死なないでくれ。今から僕が助けにいくから待っていてくれ。

「それはかまわないが、愛子には手を出すな？　無傷で生け捕るんだ」猿渡が命令口調で言った。

「はあ？　何言ってんだよ？」

「あの女は、《鬼》だ」猿渡が、さもおかしそうに笑った。「まさか、こんな形で、山倉信男の対抗馬がみつかるとはな」

鬼？　ゾンビ女が鬼？

もう、何がなんだかわからない。

どうでもいい。今は、杏理を助け出すことが何よりも先決だ。

「愛子も山倉信男と同じ種類の人間だというのか？」後部座席から、ツヨシが言った。

「人間ではない。鬼だ」猿渡が、目を爛々《らんらん》と輝かせながら答えた。「必ず捕まえてやる。今、愛子がどこにいるか、能力で読んでくれ」

「だから、俺は自由自在に未来は読めないんだよ」

二人の会話は無視だ。頭のおかしな連中に付き合ってはいられない。妻を魔の手から救い出し、あの幸せな日々を取り戻すのだ。

「気合で読めよ！　東京が火の海になるんだぞ！」

猿渡が、バックミラー越しにツヨシを怒鳴る。

何？　火の海？

……無視。

「テロを起こそうとしているのはお前の家族だろ！　お前が何とかしろよ！」ツヨシが怒鳴り返す。

……テロだって？

無視、無視。

「娘がどうなってもいいのか？　誘拐されていることをもう忘れたのかよ？」

「くっ……」ツヨシの歯ぎしりが聞こえる。

「おいおい。誘拐ってなんだよ！」さすがに、これ以上、無視はできなかった。

「お前には関係ないことだ。まっすぐ前を見てハンドルを握ってろ」猿渡がうっとうしそうに言った。

さすがに暴力の嫌いな愛妻家でもカチンときた。「勝手にしろ！」僕はブレーキを踏み、車を飛び出した。

「おい！　待て！」

待ってたまるものか。妻は単独で探す。あの連中の、妄想か現実かわからない言動になど、ついていけない。あまりにも危険だ。

妻は、僕が探すんだ！

僕は、あてもなく夜の街を走り出した。直感を信じろ！　愛妻家ならば、必ず見つけ出せるはずだ！

数分後、奇跡が起きた。

自動販売機で缶コーヒーを買っている杏理をたまたま見つけた。

「おーい！」と、手を振ろうとしてやめた。妻の真後ろに、ゾンビ女が立っているではないか。まわりには誰もいない。自動販売機の明かりで、ゾンビ女の手に、ナイフが握られているのが見える。

杏理は、ゾンビ女に気づいていない。あろうことか、先に僕のことに気がついた。

「そんなところで何をしてるのー！」杏理が僕に手を振る。

「後ろ！」と叫びたいが、振り返ったとたん、刺されそうな気がして声を出せない。僕は、歯を食いしばり、足がちぎれるほど走った。嫌だ！　愛する妻が目の前で殺されるなんて嫌だ！

ゾンビ女がナイフを振り上げる。

僕は飛びかかった。

「どうして戻ってきたのよ」杏理が哀しそうな顔で呟いた。

ゾンビ女が、ナイフを杏理に渡した。

杏理は、ナイフを僕の首に突き刺した。

えっ？　なんで？

僕は、痛みよりもまず、あっけにとられた。なんで、僕を刺すの？　助けに来たのに……。僕はアスファルトの上に倒れ込んで空を見た。そろそろ夜が明けようとしている。首からは温かい血がドクドクと流れていく。目の前が暗くなっていく。せっかく朝日が姿を見せようとしているのに。また、闇だ。

妻とゾンビ女の声だけが聞こえる。

「せっかく、巻き込まずに別れることができたと思ったのに……」杏理だ。

「すいません。私がもう少しうまくやれば……」ゾンビ女だ。

二人は知り合いだったのか？

「こういう運命だったのよ」

「自分の夫を殺すのがですか……」

「それが、私たち鬼の宿命よ」

二人の足音が遠ざかっていく。

鬼？　また鬼？

鬼嫁ってことじゃないよね……。

闇が僕を完全に包みこんだ。そろそろ人生が終わろうとしている。不思議と怖くはなかった。

ただ、僕は杏理にとって、素敵な夫だったのだろうか？　それだけが気がかりだ。

第四章　殺人者　山倉信男Ⅱ

20　復活の夜

月が赤い。悪くない夜だ。

山倉信男は、満月を見上げ、目を細めた。

あの最悪な夜から半年が経った。我ながらよく生き残ったものだ。結局最後は、ヘリコプターでやってきた鳴美と忍者のような軍団に助けられた。

ようやく傷も癒《い》えた。

殺人者としての人生が、今夜から再開する。

昨夜、鳴美が言った。

「桃山家の人間として生きていたければ、鬼として成熟しなければならない」

ようは、もっと人を殺せというわけだ。

信男は、一人で笑った。こんなに都合のいい殺人鬼がどこにいる？　どれだけ殺しても、警察に捕まることはないのだ。

今夜は、桃山家の人間は誰もいない。もしかすると、どこかで鳴美が見張っているのかもしれないが、とにかく一人だ。

猿渡はあれ以来、信男の前には現れていない。現れようにも、信男は桃山家に半ば監禁状態で匿われていた。信男を奪おうにも手の出しようがなかったはずだ。

自分は選ばれた人間なのだ。信男は、日に日に実感した。日本を牛耳るほどの人間たちが、争って自分を欲しがっている。まあ、好きにやらせてもらうさ。

平日の深夜。渋谷区の代官山《だいかんやま》。閑静な住宅が立ち並ぶ。

信男は、コンビニに足を踏み入れた。チャイムと共に自動ドアが開く。

このコンビニは駅から離れている。店内には、数えるほどしか客はいなかった。

ど・れ・に・し・よ・う・か・な。じっくりと獲物を吟味する。店員を除くと、四人だ。

酒に酔ったカップル。スーツ姿のサラリーマン。オタク風な大学生。サラリーマンと大学生は、一心不乱に立ち読みをしている。カップルはイチャイチャしながら商品を物色中だ。

「オロナミンチーないの？　オロナミンチー」

女が甘えた声で、男の腕に摑まった。

キャバクラ嬢だろうか？　胸の谷間を強調しすぎた白いドレスを着ている。これでもかというほど盛って巻いた髪。濃いメイク。ギャル雑誌から飛び出してきたような典型的な女だ。甘すぎる香水が、店内に充満していた。

男は、女に胸を押しつけられて、鼻の下を伸ばしている。ニット帽を深く被り、夜だというのにサングラス。

どこかで見たことがある。テレビだ。つい最近ブレイクしたばかりのお笑い芸人だ。芸能人か……。胸の奥底から、抑えきれない興奮の波がきた。

キャバクラ嬢をお持ち帰りする芸能人。獲物としては申し分ない。思わず信男は、カサカサに乾いた唇を舐《な》めた。

コンビニを出た二人を静かに尾行する。何度もオロナミンCを買ってとねだっていたキャバクラ嬢。あれは意図的だ。女は焦《じ》らす天才なのだ。お笑い芸人は、早く家に連れ帰りたいのが丸わかりだった。

すぐ近くの高級マンションに、お笑い芸人とキャバクラ嬢は入っていった。

いい家に住んでやがる。

信男は、しばらくマンションの前で待った。二階のひと部屋に明かりが灯《とも》る。

よし。部屋はわかった。

二人は、尾行する信男に全く気づいていなかった。頭の中は、セックスのことでいっぱいなのだろう。念のため、後ろを何度か振り返る。尾行されていない。

いつ、猿渡の人間が襲ってくるかわからないのだ。

ポケットから、鍵を取り出した。マンションの玄関まで行き、鍵穴に差し込む。いとも簡単にドアが開いた。まさに魔法の鍵だ。

「この鍵を使えば、大抵のマンションのドアは開くわ」鳴美はそう言って鍵をくれた。至れり尽くせりってやつだ。

エレベーターに乗って、部屋のドアまで行く。静かに、鍵を差し込んだ。

開いた。

よっぽど早くヤリたいのだろう。チェーンロックはしていない。ドアをゆっくりと開ける。

「イヤだー。オロナミンチー飲むのー」

女の甘えた声が聞こえる。

「焦らすなよぉ」

男の声だ。聞いたことがある。

しかし、さっきからお笑い芸人の名前がどうしても思い出せない。あまりにも、似たようなタレントが多すぎる。

ま、いいか。彼をテレビで見ることはもうないんだから。

音がしないよう、細心の注意を払って玄関のドアを閉める。入ってすぐにもう一枚ドアがあった。

「もう、オロナミンCはおしまい！」

部屋の奥からお笑い芸人の弾んだ声が聞こえる。テンションが上がって上がって仕方がないといった感じだ。

「イヤだー！　まだ飲む飲むー！」

キャバクラ嬢はぶりっこ全開だ。たぶん、そんなに酔ってはいない。芸能人に抱かれるために、計算でゆるい女を演じているのだ。

「おわり！」

「あっ！　ん……」

キスしやがったな。

舌を吸いあう音が聞こえる。

信男は、セックスには全く興味がない。昔から、雑誌のグラビアやアダルトビデオで裸の女を見ても、股間は何の反応も示さなかった。

インポというやつだ。もちろん童貞だ。二十年と少し生きてきて、女を知らない。

信男は桃山家の当主、小夜という女を思い浮かべた。あの女と結婚するということは、あの女とセックスをしなきゃいけないってことだよな……。

桃山家は、信男の鬼の血が欲しいのだ。子供を作らなければ意味がない。

面倒くせえ……。

桃山家に入り、絶対的な権力を手に入れたいが、セックスは嫌だ。自信がないし、どうすればいいのか、わからない。

どうでもいいや。今は、自分のお楽しみに集中したい。

スニーカーのまま、玄関を上がる。まだキスの音は続いている。信男の侵入には、全く気づいていない。

コートのポケットからナイフを取り出す。刃が鋭くて大きく、殺傷力が強そうだ。柄も握りやすい。これも、鳴美が用意してくれたものだ。

ナイフを使うのは今回が初めてだ。いつでも、初体験は興奮する。リュックサックには、着替えも入っている。それも鳴美が用意した。

「より多くの血を浴びることで、鬼として進化するの」鳴美の言葉を頭の中で繰り返す。

血を浴びるか……。

全身の皮膚が裏返るような錯覚がした。目を閉じる。瞼の裏でパチパチと火花が散った。喉がヒリヒリと渇いているが気にしない。ことが終わってから、冷蔵庫の中味を頂けばいい。

俺は鬼だ。

自由な鬼だ。

リビングへと続くドアを開ける。

ベッドの上で、お笑い芸人とキャバクラ嬢が絡み合っていた。

「キャア！」先に悲鳴をあげたのはキャバクラ嬢だった。

「な、な、なんだ！　お、お前！」お笑い芸人が仰天して、ベッドから飛び上がる。ズボンが膝まで下がっていたせいでバランスを崩し、ベッドの脇へとひっくり返った。

「芸人仲間？　後輩？　ドッキリとかでしょ？」キャバクラ嬢が怯えた目で信男を見た。その目は、お願いだから後輩だと言って、と語っている。

信男はゆっくりと首を横に振った。

キャバクラ嬢の顔が白くなる。信男の手にあるナイフに気がついたのだ。

「イヤ！」オロナミンCの瓶が飛んできた。まだ、持っていたとは驚きだ。

かわすまでもなかった。瓶は見当違いの方向に逸《そ》れ、液晶のテレビ画面に当たった。

「おい！　投げんなよ！」お笑い芸人が、テレビの心配をする。

自分の命よりも電化製品かよ。呑気な野郎だ。

「俺のファンか？」お笑い芸人が立ち上がった。ズボンをずり下げたままで。「サインやるから——」

いらねえって。

信男は、一歩、大きく踏み込み、ナイフを振り上げた。

芸人の部屋でシャワーを浴びて、新しい服を着る。鳴美が用意してくれたのは全身ユニクロだったので、鏡を見て少し笑えた。

冷蔵庫にポカリスエットがあった。ずいぶんと久しぶりに飲んだ。激しく体を動かした後だったせいか、びっくりするほど美味《うま》かった。

「部屋はそのままでいいから」と、鳴美は言っていた。「後始末は桃山家がやるから」と。

本当にいいのだろうか。

自分で言うのもなんだが、もの凄いことになってるんだけど。

夜風が涼しい。

シャワーを浴び、身も心も爽快《そうかい》だ。全身に浴びた血痕《けっこん》を落とすのは時間がかかったが。

まだ、殺した余韻が残っている。

ヤバい。これは、癖になる。明日にでも、いや、今すぐにでも次の獲物を狙いたい。足元からうずうずとした感覚がせり上がってきて、体が疼く。

それにしても、腹が減った。

人を二人も殺しておいて空腹になる神経を、自分でも疑う。鳴美の言うとおり、鬼に近づいているのかもしれない。コンビニでパンでも買おうと思ったが、味気ないと考え直した。オレンジ色の看板を見つけた。吉野家だ。牛丼を食べよう。大盛りだ。この空腹感は、並では治まりそうにない。

恵比寿の駅前にある吉野家に入った。客は、水商売風の二人組の女たちだけだ。酔っているのかギャアギャアと笑いあっている。

「イラッシャイマセ」

中国人の店員が注文を取りにきた。留学生だろうか。

牛丼の大盛りと味噌汁を頼む。

厨房《ちゅうぼう》にいるのはインド人だ。こいつも留学生か。

「お兄さん、一人で食べるんだ！　寂しい〜！」水商売風の女たちが、馴れ馴れしく声をかけてきた。

おいおい、やめてくれよ。

信男は女が苦手だ。子供のころから、異性の目を見て話すことができない。特に、同年代の女が嫌だった。

小学五年生のころ、やたらとちょっかいをかけてくる女子がいた。今思えば、信男のことが好きだったのかもしれない。ある日、信男はからかわれることに我慢ならずキレた。図工の時間で、手に持っていた彫刻刀を振り回したのだ。女子の腕が切れて、机の上に血が流れた。

あのとき、何かが起こった。血を見て、興奮したのだ。今夜の疼きと、そっくりの感覚だった。

「お兄さんってば！」この水商売風の女たちもしつこい。

「一緒に食べようよ！」

あろうことか、女たちは信男を挟み込む形で席を移動しはじめた。甘くてキツイ香水の匂いが鼻をつく。

「ねえねえ、お兄さん、歳いくつ？」年上っぽい女が馴れ馴れしく信男の肩に触れる。

触るんじゃねえ！　反吐《へど》が出そうだ。

「彼女いるの？」年下の女も指で、ツンツンと横腹を突いた。

いないよ。恋愛よりも楽しいことが俺にはあるんだ。

「趣味はなーに？」

人殺しだ。

「お仕事は？」

殺人鬼だよ。

信男はずっと目を伏せて、女たちを見なかった。

「オオモリデス」

中国人の店員が、牛丼を運んできた。

チラリと中国人の顔が視界に入る。ニヤけていた。厨房を見ると、インド人もニヤニヤと信男を見ている。

「お兄さん、こっち見てよぅ～」

「私たちの相手してよぅ～」

女たちが、両方から腕を引っ張る。

離せ。

信男は、割り箸を握りしめた。

さっきお笑い芸人に使ったナイフは、現場に置いてきた。血まみれだったので、せっかくシャワーを浴びたあとに持ち歩きたくなかったのだ。

中国人とインド人が英語で何かを言い合った。二人とも、信男を見て、爆笑している。

恥と怒りで全身が熱くなる。

「あの人たちが気になるの？」年上の女が言った。

「じゃあ、杏理さん、殺《や》っちゃいましょうか」

女たちがカウンターを立った。勝手に、厨房内へと入っていく。中国人とインド人が、目を丸くした。

信男は、女たちの手にナイフが握られていることに気がついた。年上の女がインド人。年下の女が中国人。どちらも一突きで決めた。見事な腕前だ。

ようやく、女たちの顔が見れた。

こいつら……。水商売風の格好をしているだけだ。年下の女は、顔色が悪くゾンビみたいな顔をしていた。年上の女は見覚えがある。

「久しぶりね。山倉信男くん」

半年前、助けてくれた女だ。

2／真実

「私のこと、覚えてる？」

杏理が、ナイフをハンカチで拭いた。ハンドバッグの中にナイフを入れる。水商売の服装が全く似合っていない。

信男は頷いた。あの夜のことを忘れるわけがない。

「もう怪我は治ったみたいね」杏里がニッコリと笑った。

何が起こったのか理解できない。「お前ら……何してんだよ……」

「見てのとおりよ」杏理が、厨房の床に倒れている二人を見下ろした。

「何、いきなり殺してんだよ」

「アンタに言われたくないわよ」

信男は、店に誰も入ってこないか、振り返って確認した。通りには誰も歩いていない。今ここで客が来たら終わりだ。

「お前ら……何者だ？」

「私たちもアンタと同じ人種なの」杏理がウインクをした。この状況を楽しんでいる。

信男は、唾を飲み込んだ。空腹感もどこかに吹っ飛んでいった。

「……鬼ってことか」

「そんなに驚かなくてもいいじゃない。自分一人だけだと思ってたの？」

どういうことだ？　パニックを起こしそうだ。落ち着け。信男は、目の前に置かれているお茶を飲んだ。

「この子は愛子っていうの」杏理が、ゾンビみたいな女を紹介した。愛子がペコリと挨拶《あいさつ》をする。

「移動しない？」杏理が厨房から出てきた。「色々と聞きたいことがあるでしょ？」

「どうして……俺が吉野家に入ることがわかったんだ？」

「そりゃ、わかるわよ」杏理がやさしく微笑んだ。「私たち三人は兄弟なんだから」

「ここが、私たちの隠れ家なの」杏理が、ドアを開けて中に入る。タクシーで、新宿二丁目にあるマンションに連れてこられた。愛子は、信男を逃がさないとでもいうかのように、背後に立っている。

どうする？　このまま部屋に入ってもいいのか？　部屋の中には、人の気配はない。しかし、どんな罠《わな》が待ち受けているのかわからない状況だ。さっき杏理が言った言葉が気になる。

兄弟だと？

そんなわけがない。三人は似ても似つかない顔だ。どう考えても、赤の他人に決まっている。そもそも俺は一人っ子だ。

真実を知るまで帰れない。杏理と愛子が目の前で人を殺したのは事実だ。信男は勇気を振り絞り、部屋に入った。殺風景な内装だった。２ＤＫの間取りで、家具はほとんどない。

「テキトーに座って」

信男は、ソファに腰をおろした。

「愛子、ビール持ってきて」

愛子が返事もせずに冷蔵庫を開けた。さっきから一言も口をきいていない。不気味な女だ。

杏理は愛子から缶ビールを受け取ると、信男の隣に座った。缶ビールを一本渡してくる。

「いらない」

「毒なんて入ってないってば」

「酒が飲めないんだ」

「ふーん。つまんないの。兄弟としてのせっかくの再会なのに」杏理が口を尖らせながら缶ビールを開けた。

「再会？　嘘つけよ！」

全く記憶にない。信男は一人っ子のはずだ。

「覚えていなくてもしょうがないわよ。アンタ、まだ二歳だったんだから」

愛子が、杏理の横に寄り添うように立つ。ボルヴィックのボトルを信男に渡す。

「俺たちは……どういう関係なんだ」

「どこから話せばいいかしらね。まずは再会を祝して乾杯よ」

渋々、ペットボトルを缶ビールに合わせた。

「くーっ、うまい！」ビールを飲んだ杏理が大げさに顔を歪める。

「早く教えろよ！」

相手のペースにイライラする。真実さえ聞いたら、こんなところから早く帰りたい。

「そうだ。愛子、あれ、持ってきて」

愛子がクローゼットを開けた。

持ってきたのは、一冊のアルバムだった。

「ほら。これ見てよ」杏理がアルバムを開いた。

白黒の写真。三人の子供が水着を着て砂浜にいる。海だ。

「これ、鎌倉に遊びに行ったときだよ」

だよって、言われても……。まったく憶《おぼ》えてないし、写真の中で、おもちゃのシャベルを持っている幼い男の子が、自分かどうかもわからない。

「愛子なんて、今と全然、変わってないでしょ？」杏理が、砂の城を作っている女の子を指す。たしかに……ゾンビのような幼女だ。

他の写真も仲良く三人で写っていた。公園や、遊園地、お花見や動物園……。不気味なのは、親が写っている写真が一枚もないということだ。

「この写真、誰が撮ったんだよ？」

「私たちのパパよ」

信男は、ボルヴィックのペットボトルを床に投げつけ、立ち上がった。

「逃げるの？　真実を知るのが怖いんだ」

信男は、杏理の言葉を最後まで聞かずに帰ろうとした。

「運命なのよ」

そう言われて、玄関のドアノブを回す手を止めた。

「あなたが鬼になったのも、桃山家に拾われたことも、私たちと再会したことも」

信男は振り返って、姉だと名乗る二人の女を見た。

「全員母親が違うから、私たちは似てないの」

これ以上聞きたくない。だが、体が言うことを聞かず、信男の中の何かが帰ることを拒否している。

「私たちのパパも鬼だったの」

「じゃあ、教頭をやってた俺の親父は……」

杏理の顔に同情の色が浮かぶ。「実の父親ではないわ。養父よ」

「……どうして、俺を育てたんだ？」

「本当のパパが死んだからよ。私たちは別々の施設に預けられて、バラバラになったの」杏理が無表情で言った。「パパも桃山家に狙われたの。当時の桃山家には、三人の姉妹がいて、姉から順に子供を作らされた」

なんて、おぞましい話だ。ただ、桃山家の実情を知ってしまっている今、あながち嘘だとは思えない。

「実の父親は何で死んだんだよ」

杏理が黙る。よく見ると泣いているではないか。

「桃山家の恐ろしい儀式の犠牲になったの。聞きたい？」杏理が、ソファの上で崩していた足を揃え、背筋を伸ばした。「聞きたいのなら、約束してもらうわ」

「何の約束だよ」

「兄弟で手を組むって約束して。桃山家を滅ぼすの」

「ありえねえ……」

あれだけ自分にとって都合のいい場所を滅ぼす気など、毛頭ない。それに、戦うには強大すぎる相手だ。

「桃山家の当主は代々女なの。おかしいと思わない？」杏理が勝手に話を続ける。

「……まあな」

向こうのペースに巻き込まれているのはわかっていたが、引き返せずに聞き続けた。

「北京原人の化石で、頭部に穴が開いているものが大量に見つかっているの知ってる？」

「はあ？　どこから北京原人が出てくるんだよ？」

「いいから、最後まで聞いて」

「北京原人がどうしたんだよ」

「中華料理で猿の脳味噌があるのは？」

「それは、聞いたことがあるけど……」

「脳味噌を食べると頭の中が熱くなって脳が活発になるの。そして、精力が異常に増すんだって」

「……だから？」

「北京原人は、仲間の脳味噌を食べて、急激に進化したのよ」

想像しただけで、胸がムカムカする。

「現代は、人間の脳を食べるのはタブーとされてるわ」

「当たり前だろ！」

「でも、桃山家はそうじゃないのよ」

「何だと？」

「信男」杏理が、姉らしく呼んだ。「桃山家が本当に欲しがっているのは、あなたの脳なの」

俺の脳が欲しいだと？　冗談じゃねえぞ！

信男は、帰りのタクシーの中で一人呟いた。

「はい？　お客さん、何かおっしゃいました？」タクシーの運転手が訊いてきた。

「何でもないです。ひとり言です……」

タクシーは世田谷方面に向かっている。桃山家だ。

帰っても、いいのか？

信男は自問自答した。杏理の話が真実ならば、いずれ殺されてしまう。確かに、桃山家は、当主の小夜、側近の鳴美、お手伝いの婆と、女ばかりだ。

脳を食う？

昔、観たホラー映画で、そんなシーンがあったことを思いだした。

「運転手さん」信男が話しかける。「脳味噌って食べたことあります？」

「はい？　何の脳味噌ですか？」

もちろん、人間だとは言えない。

「何でもいいんです」

「海老《えび》とか、蟹《かに》とかならありますね」

「好きですか？」

「大好物です。蟹なんて、味噌を食べなきゃ意味がないですからね。あと、ふぐの白子も美味いですよね〜」

そう考えてみれば、人間とはなんと残酷な生き物だろう。動物のあらゆる部分を嬉々《きき》として食す。他の動物から見れば、人間はとんでもないモンスターだ。まあ、正確にいえば、海老や蟹の味噌は「脳みそ」ではないが。

信男には、性欲だけではなく、食に対する欲もない。腹は減るが、美味いものを食べたいとは思わないのだ。牛丼やハンバーガーで十分こと足りる。

結局、杏理と手を組むのは保留にした。桃山家の動きを見てから、協力するかどうかを判断する。

あの女たちが、姉……。

信じろというほうが無理だ。本当の父親も殺されたなんて……。

ずっと、疑問に思っていたことがある。鳥飼鳴美との出会いだ。半年前、あの大星真子という女を殺したときに、鳴美が助けてくれた。もう少しで、旬介という中学生に殴り殺されるところだった。

どうやって、鳴美は自分を見つけたのだろう。いくら鬼を探していたとはいえ、この広い日本で見つけるのは至難の業だ。鳥飼家は代々、鬼を見つける能力があると言っていたが、あれはハッタリだ。

だが、もし、杏理の話が真実なら、すべての辻褄《つじつま》があう。鬼を探していたのではなく、鬼の子供を探していたのだ。施設から辿れば、見つけ出すことは不可能ではない。そして、見つけた信男が鬼として覚醒するまで待っていた……。

そうでないと、あのタイミングで現れるはずがない。

杏理も信男を探していた。だから、あの夜、信男を助けることができた。

すべて、偶然ではなかったのだ。

「お父さんは、桃山家に殺される前に、私たちを逃がしてくれたのよ」

帰り際、杏理に言われた。

「復讐したくないの？」とも。

愛子が、じっと信男を見ていた。その目は、「運命なのよ」と語っているようだった。

「こちらでよろしいですか？」

運転手の声で我に返る。タクシーがスピードを緩めた。桃山家の大邸宅が見える。

「ああ。ありがとう」

「今度、なんの脳味噌を食べるんですか？」

さっきの話の続きか……。

「俺が食べるんじゃない」

信男は、一万円札で料金を支払い、釣りを貰わずにタクシーを降りた。


「おかえりなさいませ」

老婆が玄関で待っていた。相変わらず皺だらけで気味が悪い。

「お風呂になさいますか？」

「いや、いい。シャワーを浴びてきたから」

「さようでございますか」老婆が、キシシッと笑う。

「何がおかしい？」

「たんまりと血を浴びてきましたな。ぷんぷんと匂いますぞ」

背筋が寒くなる。半年経ってもこの老婆の薄気味悪さには慣れない。

「鬼になれるまで、もう少しじゃ。楽しみじゃ、楽しみじゃ」

脳味噌を楽しみにしているのか？

ちくしょう。杏理を信じようとしている自分がいる。

「あと、何人殺せばいいんだよ？」

「数じゃない。質じゃ。次の獲物は、こっちで選んである。明日のお楽しみじゃて」

婆が、またキシシッと笑った。

22　次の獲物

手足が自由に動かない。

クソッ。金縛りかよ。

目を開くと、蜘蛛《くも》の巣にかかっていた。巨大な蜘蛛が、信男を見ている。デカイ。人間ほどの大きさがある。

これは、夢だ。今は、桃山家の和室で寝ているはずだ。夢だとわかっている。それなのに、恐怖で心臓が止まりそうになる。蜘蛛がカサカサと動きだした。グロい。完全に化け物だ。

近づくんじゃねえ！　手足をばたつかせようとするが、蜘蛛の糸がガッチリと手首と足首に食い込んで、ビクともしない。

蜘蛛が頭上に回り込んだ。脳味噌を食う気だ！　シャアアという不気味な音と共に、蜘蛛の口が開いた。

目が覚めた。全身が、汗でぐっしょりと濡れている。

「ちくしょう！」

布団をはねのける。広い和室には、信男の他に誰もいない。

何をびびってんだよ……。

カーテンの隙間から、朝日が差し込んでいる。携帯電話で時間を確認した。午前十時五分。まだ、眠り足りない。

「お食事をお持ちしましたよ」

襖《ふすま》が開いた。老婆が、朝食をお盆に載せて入ってきた。

毎朝、こうだ。昼も夜も、老婆が食事を運んでくる。小夜とは全く会っていない。ずっと、この和室に軟禁されている状態だ。鳴美の話では、真の鬼になるまで小夜と会ってはいけないらしい。

信男は、お盆の上に置かれている味噌汁に目をやった。

「食欲がないのかい？」老婆が、見透かしたように言った。

信男は、恐怖を悟られまいと味噌汁をすすった。相変わらず抜群に美味い。今朝は、豆腐

いか鼻をつく。消毒液と、

とワカメが入っている。

「食べ終わってから見てくださいよ」老婆が、封筒を畳の」

を書いてあります」

信男は、箸を置いて封筒を開けた。

「もう見るのかい？　せっかちだねぇ」老婆が、腐った色の歯茎を見せて笑う。

「うるせえ」

封筒には、便箋《びんせん》が一枚入っていた。ご丁寧に、名前と住所が書いてある。名前を見て、愕《がく》然《ぜん》とした。手が震えて、便箋を落としてしまう。

《大星真子》

「おい……ふざけんなよ」

「誰もふざけてなんかおらん」

「この名前は何だよ！　あの女は、死んだはずだ！」

「殺し損ねたんじゃ。お前さんが未熟だったんじゃよ」

「……嘘だろ？」

大星真子の胸に深々と包丁を差し込んだ感触は今でも手に残っている。

「嘘なもんか。そこに書かれている住所をよく見てみろ」

信男は、慌てて便箋を拾い上げた。「病院か……」

「明日、退院するらしいぞ」

この半年間、入院していたのか……。

「病院で殺せってか」

「チャンスは今日だけじゃな」老婆が、さも嬉しそうに笑う。

わざとだ。ここまで突き止めているのなら、もっと早くに信男に教えることができたはずだ。ハードルを上げて、試す気だ。

大星真子を殺せば、鬼として認められる。

夢で見た蜘蛛が、頭を過《よぎ》った。

「やってやろうじゃねえか……」信男は蜘蛛を頭から追い払うかのように、強がって言った。


今夜、大星真子を殺す。

老婆は、大星は明日退院すると言っていた。何としても、今日中にケリをつける。退院してから雲隠れされたらやっかいだ。

時間がない。

信男は、焦る気持ちを抑えながら病院の玄関を抜けた。独少しばかりの死臭だ。

平日の昼間だというのに人が多い。ロビーは、患者で溢れ返っている。信男は舌打ちをして、老婆から貰ったメモを見た。《大星真子　505号室》と書かれている。個室であって欲しい。六人部屋だったら殺すときに面倒なことになる。まずは下見だ。

エレベーターで五階に向かう。念のため、マスクと眼鏡で変装している。病院ならマスクをしていても違和感がない。これなら大星真子と鉢合わせしても何とか誤魔化せるだろう。

信男は、もう一度、メモを確認した。《大星真子　505号室》の文字の隣に《下川恵美《しもかわえみ》　501号室》と書かれている。

五階に着いた。エレベーターを降りてすぐにナースステーションがある。慎重に。冷静に。見舞い客を演じろ。

「下川恵美に面会したいんですけど……」信男は、ナースステーションのカウンターに座っている看護師に声をかけた。

「お名前をこちらに記入してください」看護師が、カウンターの上の用紙を指した。

下川恵美なんて女は知らない。老婆の情報では、実際に入院している患者らしい。下見のために調べてくれたのだ。もちろん、下川恵美なんて知らない女に会う気はない。大星真子の部屋さえ確認できればそれでいい。

ナースステーションを通り抜け、廊下に出る。

５０１号室は、一番手前だ。六人部屋だった。信男は、部屋に入り顔をしかめた。ベッドとベッドはカーテンで仕切られている。大星真子の５０５号室も同じ六人部屋ということになる。

……深夜しかないな。音を出さずに忍びこみ、殺すしかない。

携帯電話のバイブで目を覚ました。暗闇の中、携帯電話で時間を見る。午前二時。アラームどおりだ。

信男は、暗闇の中を這って移動し板を外した。さすがに、天井裏で半日も寝れば全身が痛い。

信男は、病院のトイレに隠れていた。個室でパジャマとスリッパに着替える。脱いだ服と靴はリュックに入れ、天井裏に戻した。この格好なら、見回りの看護師に見つかっても、入院患者だと思われるはずだ。

パジャマで人殺しかよ。信男は、鏡に映る自分を見て、自嘲気味に笑った。

トイレを出る。廊下には誰もいない。消灯時間は過ぎ、病院全体が暗く、静まりかえっている。大星真子の部屋に行くには、ナースステーションの前を通り抜けなければいけない。

トイレはナースステーションからはちょうど死角になっている。

信男は、柱の陰に身を潜め、ナースステーションをうかがった。……二人、いや、三人いる。

三人の目を盗むのは至難の業だ。いっそのこと、皆殺しにしたい。待つしかない。好機は必ず訪れるはずだ。

十分後、動きがあった。

ナースコールが入ったらしい。一人の看護師がパタパタと廊下を走る。502号室に入って行った。

もう一人の看護師は、ナースステーションの奥にある事務所みたいな部屋にいる。カウンターには、今一人しかいない。

奇跡的に、またナースコールが入った。カウンターの看護師が501号室に走っていく。

ラッキー。

信男は、小走りで、505号室へと急いだ。鼓動が速まる。今、見つかったら終わりだ。505号室の前に着いた。息を整える。病室のドアは開けっ放しだ。いつでも、看護師がすぐに入室できるようにだ。

忍び足で、部屋に入る。すべてのベッドにカーテンがかかっていた。大星真子のベッドは一番奥の右側だ。

ナイフを構える。手のひらにじっとりと汗が滲んでいるのがわかる。

一番奥のカーテンに手をかけ、中を覗いた。

「遅かったじゃない」

ベッドの上に、大星真子が立っていた。

大星真子が、信男の顔面に前蹴りを入れた。吹っ飛ばされ、床にひっくり返る。鼻を思いっきり蹴られた。喉の奥で、血の味がする。

すべてのベッドのカーテンが一斉に開いた。

そこにいたのは、入院患者ではなく、武装した警察官たちだった。

なんだよ！　これ！

信男は、床に這いつくばりながら、病室を見渡した。

警察官が四人。そのうち、二人の顔に見覚えがある……。

猿渡とツヨシだ。

クソッ……こっちの行動を完全に読まれていた。どうりで、都合よくナースステーションの看護師がいなくなるわけだ。ツヨシの予知能力は本物だと認めざるを得ない。

「待ってたよ」

大星真子がベッドから飛び降りた。その勢いで、信男の背中に飛び蹴りを入れる。腎臓に鈍痛が走る。息ができない。

「久しぶりだな、山倉信男。ナイフを捨てろ」猿渡が言った。

警察官たちが一斉に、銃をかまえる。

捕まってたまるか！　信男は、ナイフを大きく振りかざした。

警察官たちに緊張が走る。

「やめろ！」ツヨシが叫ぶ。信男の次の行動を読んだのだ。

遅せえよ。

信男はナイフで、自分の左手首を切った。

「何やってんのよ！」大星真子が叫ぶ。

まだ終わりじゃないぜ。

ナイフを左手に持ちかえて、右の手首も切った。両手首に、横一文字の赤い線が浮きでた。

みるみる鮮血が溢れ、床にポツポツと垂れる。

信男は、ナイフを投げ捨てた。

「確保！」警察官たちが、一斉に襲いかかってくる。

「待て！」猿渡が警察官たちを制する。「山倉を死なすんじゃない！」

大星真子が、ベッド脇にあるナースコールのスイッチを押した。

『……どうしました？』看護師が怯えた声で応答する。

「ケガ人が出たんです！　すぐに来てください！」大星真子が、看護師を呼ぶ。

「ここが病院で残念だったな」猿渡が、信男の顔を覗き込む。「自殺なんてさせてたまるか」

「ここが病院だから手首を切ったんだよ」信男は、薄ら笑いを浮かべて言った。

「あん？　何を強がってんだ？」猿渡が信男の胸ぐらを摑んで、上半身を引き起こした。

「猿渡！　離れたほうがいい！　嫌な予感がする！」ツヨシが警告する。

「患者から離れてください！」看護師が二人、病室に入ってきた。

猿渡が突き飛ばすようにして、信男の体を離した。看護師たちが、傷口を確認する。

「ここで応急処置するわよ！」年上の看護師が緊迫した声で指示を出す。

「はい！」若いほうの看護師が、部屋を出ていった。

「誰がこんなひどいことをしたんですか？」残った年上の看護師が、警察官たちを睨みつけた。

「この馬鹿が自分でやったんだよ」猿渡がぶっきらぼうに答える。

「おい……お前」ツヨシが看護師に言った。

「何ですか？」

「あのときの女じゃないか？」

「はあ？　何のことですか？」

看護師が、怪訝な顔でツヨシを見る。

「知り合いなの？」大星真子が看護師に近づいた。

看護師が、ナース服のポケットからスタンガンを取り出し、大星真子の首筋に当てた。大星真子の体が硬直し、床にぶっ倒れる。

信男以外の全員が、何が起こったのかわからず、身動きが取れなかった。

「よくわかったわね」看護師に扮した杏理が、ツヨシに笑いかける。

看護師に扮した愛子が、病室に飛び込んできた。そして、手に持っていた消火器を噴射した。

「逃げて！」

消火器の煙幕が立ち込める中、杏理が叫んだ。

信男は、体を低くし、病室の出口へと走った。

「撃つな！　撃つんじゃない！」猿渡の大声が響き渡る。

誰かの手が信男を摑もうとしたが、渾身の力で払い除《の》けた。

「逃がすな！」猿渡たちは混乱している。

廊下に飛び出した。一気に視界が晴れる。

杏理はすでに前を走っている。愛子も一緒だ。

信男は二人の女を追った。逃走用の車が駐車場に用意されているはずだ。逃げながら、横目でナースステーションを見る。看護師たちが、首から血を流し、倒れていた。杏理と愛子がやったのだ。

信男は病院に忍びこむ前、大星真子を殺すことを杏理に告げていた。

「絶対、それ罠よ」杏理は信男に忠告した。

「桃山家が俺に罠をかけるのか？」

「違うわよ。大星真子側が、意図的に情報を流したのよ」

「クソッ……どうすればいい？」

「私たちがいるじゃない。もし、大ピンチになったら両手首を切ってよ」

そうして、杏理と愛子は看護師に扮し、助けてくれたのだ。

一時間後、信男は、杏理と愛子の隠れ家にいた。

「これで、私たちと組む気になった？」

杏理は、脱出劇に興奮しているのか、声がうわずっている。愛子は相変わらず、暗い表情のまま、部屋の隅で缶ビールを飲んでいる。

「これだけのリスクを背負ったんだから、信じてくれてもいいんじゃないの？」

「まだ、百パーセント信じることはできない」

ビールを飲み終えた愛子が、空き缶を握り潰す。

たしかに、さっきは杏理たちがこなければヤバかった。それに、桃山家も信用できない。

あんな危険な真似をさせといて、しまいには脳味噌を食べられるというのか？

「……わかった」信男は覚悟を決めた。「お前たちと組む。その前に、この隠れ家は捨てる」

敵側に、予知能力者のツヨシがいる以上、一カ所に留《とど》まっているのはリスクが高すぎる。

隠れ家を移動するのが先決だ。

「……本当に、そのツヨシって男は予知能力があるわけ？」

杏理たちはまだ信じていない。

「さっさと殺したいが、うかつには近づけないんだ」

刑事の猿渡もついているから、余計に手を出せない。

「ツヨシに弱点はないの？」

「ある。中学生ぐらいの娘がいた」

「ラッキーね」杏理が微笑んだ。しかし、目は笑っていない。

23　杏理の作戦

学校なんて何年ぶりだろう。

正門から十メートルほど離れた場所に、愛子が車を停める。助手席には杏理。信男は後部座席だ。

「この学校にツヨシの娘がいるのね」杏理が、下校する学生たちを眺めて言った。

「ああ。間違いない」信男も、キャッキャッと騒ぎながら帰る中学生を見た。思わず、イラッとしてしまう。学生時代は地獄だった。いい思い出なんて一つもない。友達も恋人もできなかった。信男の心の奥底に潜んでいた狂気を理解できる奴なんて一人もいなかっただろうし、そもそも理解してもらいたくもなかった。

キリコの情報収集には桃山家を使った。もちろん、大星真子をおびき出すと嘘をついたのだ。

『まだまだ、甘いのぅ』

病院で大星真子をヤリそこなったと聞いて、老婆は嬉しそうに笑った。

せいぜい、今のうちに笑ってろよ。

信男は、桃山家を裏切ることに決めた。現時点では、杏理たちのほうが信じられる。体を張って助けにも来てくれた。それに比べて桃山家の奴らはどうだ？　命令するだけだ。

俺は種馬じゃねえ。脳味噌を食われないだけ、種馬のほうがまだマシか。

「最近の子たちは発育いいわねえ」杏理が呑気に言った。「スカートが短すぎて、全員パンツが丸見えじゃない」

「誘拐の方法は考えてるのか？」

「もちろんよ。完璧な作戦を用意してるわ……あ！　あの子じゃない？」杏理が、正門から出てきた女生徒を指した。

信男は、「そうだ」と頷いた。大星真子を刺したあの夜に見た少女がそこにいた。

今度こそは、うまくやってやる。

車が急に発進した。愛子がアクセルを踏んだのだ。

「おい！　何やってんだ！」と叫ぶ信男を無視して、車は正門へと一直線に走る。

悲鳴があがった。生徒たちが次々と撥ねられる。

ムチャクチャだ……。

愛子はハンドルを巧みに切り、逃げようとするキリコを撥ねた。真正面から撥ねることはできず、引っかけるような形で、キリコを転倒させる。

「いくよ！　信男、ついてきて！」杏理が飛び降りた。

信男も慌てて車を降りる。

愛子は、レバーでトランクを開けた。

「これが作戦かよ！」

「そうよ」杏理が、しれっと答える。

「目撃者の数がハンパねえだろ！」

「だからいいのよ。ツヨシが飛んでくるでしょ？」

キリコは頭から血を流し、正門前に倒れていた。死んではいない。信男は頭、杏理が脚を持ち、キリコを車のトランクに放りこんだ。

「さあ。帰ろう」杏理が何事もなかったかのように助手席に戻る。

信男が言うのもなんだが、この女は狂っている。

キリコを乗せて、車は中学校をあとにした。周りの生徒たちは、あまりに一瞬のことで何が起こったのかわからず、誰も動けないでいた。

「ツヨシの奴、現れなかったね」杏理が少し残念そうに言った。「さすがに、この誘拐方法は予知できなかったかしら」

だが、見つかるのは時間の問題だろう。娘が、白昼堂々さらわれたのだ。死に物狂いで予知をしてくるはずだ。

「離せよ！　この野郎！」

キリコを新宿二丁目の杏理の隠れ家に連れ込んだ。結局、新しい隠れ家は用意しなかった。ツヨシをおびき寄せるのが狙いだ。予知されたほうがいい。

信男がキッチンの椅子にガムテープで縛りつけていると、キリコが目を覚ました。

「やめろよ！　てめえ！　ぶっ殺すぞ！」

「車に轢かれたわりには元気がいいわね」杏理が、キリコの頭に包帯を巻いてやる。

「勝手に治療なんてすんじゃねえよ！」

「アナタのためじゃないわよ。血で、部屋を汚したくないの」

キリコが、痛みに顔を歪める。頭の傷は浅いが、左の腕が紫色に腫れ上がっている。もしかすると、折れているのかもしれない。

「殺すなら、さっさと殺せよ！」キリコが、信男を睨み付ける。

体が小刻みに震えている。所詮《しょせん》は中学生。本当は怖いのだ。わずかだが、目にも涙を浮かべている。

ゾクゾクと信男の体の芯を欲望が駆け抜ける。目の前に、抵抗できない獲物がいる。しかも、殺せと懇願しているのだ。

「まだダメよ」杏理が信男の肩を掴んだ。完全に、心を見透かされている。

「まだってなんだよ？」キリコの顔が歪む。

「アナタは餌なのよ」杏理がサディスティックに笑った。「アナタのお父さんを呼び寄せるためのね」

キリコの顔が、みるみる真っ赤になった。怒りを堪えきれないのだろう。

「可愛い」杏理が顔を近づける。

キリコが、唾を吐いた。霧状の唾が、杏理の顔全体に降りかかる。

杏理がニッコリと笑い、次の瞬間、キリコの頬を平手で張った。

「クソ生意気なガキね」

「憶えてろよ……」キリコが杏理を睨みつける。

「黙らせて」

愛子が、ガムテープでキリコの口を塞いだ。キリコは抵抗しなかった。ガムテープを貼られながらも、杏理から目を離さない。

「さあ、あとはツヨシを待つだけね」

杏理が冷蔵庫を開け、冷えた缶ビールを取り出した。

一時間も経たないうちに、一台のタクシーがマンションの前に停まった。

男が一人降りてくる。ツヨシだ。一人しかいない。

「ツヨシが現れた」信男は、携帯電話で杏理に伝えた。

信男は杏理の作戦に従い、定位置についている。

『一人だけ？』

「ああ。そうだ」

『そんなわけないじゃない』電話の向こうで杏理が笑う。『向こうも奇襲を仕掛けてくる気ね』

娘を助けに来る父親……。絵になるねえ。強張った顔のままマンションに向かって大股で歩いている。必死になって恐怖に耐えているのだろう。

信男は念のため、もう一度、辺りを確認した。猿渡や大星真子の顔は見えない。しかし、気配は感じる。どこかから、じっとこっちをうかがっているはずだ。

ツヨシが大通りを渡ってきた。信男の目の前を過ぎていく。

信男は、雑誌を棚に戻した。

マンション前のコンビニ。信男は立ち読みの客を装い、待ち伏せをしていたのだ。

コンビニの雑誌コーナーは待ち伏せに最適だ。ガラスをとおして通りを見渡すことができ、車で来た場合でも、すぐに確認できる。

「ありがとうございましたぁ」

コンビニを出て行く信男に、店員が気持ちのこもっていない挨拶をする。大学生ぐらいだろうか。分厚いメガネをかけ、いかにもやる気がないといった感じだ。

十メートルほど先に、ツヨシが歩いている。ペースが速い。娘のことで頭がいっぱいなのか、背後の信男には全く気づいていない。

信男は、ナイフを抜きながら走った。背中を刺してやる。狙いは腎臓だ。なるべく音は立てるな！　足音で振り返られたら殺りにくくなる。至近距離まで忍び寄り、一撃で決めてやる。

しかし、大きな足音がした。俺の足音じゃない。信男は、振り返った。さっきのコンビニの店員が、真後ろにいた。メガネを外している。大学生じゃなかった。もっと若い。

こいつ……旬介ってガキだ。分厚いメガネのせいで気がつかなかった。

旬介の手には金属バットが握られている。すでに振りかぶって、こっちの頭を狙う体勢だ。

クソッ。信男は、腕を十字にし、頭をガードした。

バグッ！　腕を力任せに殴られた。持っていたナイフが吹っ飛ぶ。信男はアスファルトに尻餅をついた。

……本気で殴ってきた。頭に当たっていたら、死んでたところだ。腕の骨がジンジンと痺れる。

コンビニでの待ち伏せも予知されていたというのか？

「キリコはどこにいるんだよ」旬介が、倒れている信男を見下ろした。

「どうせ、予知してるんだろ？」信男が、吐き捨てるように言った。

チクショウ……殺りそこねた。チラリとツヨシを見る。ちょうどマンションの玄関に入っていったところだった。ツヨシの横に、男の姿が見えた。猿渡だ。

「よそ見してんじゃねえぞ！」

再びバットが襲ってきた。体を捻ってかわす。アスファルトに金属音が響く。信男は、転がるようにして逃げた。旬介が、狂ったように殴りかかってくる。

「オラァッ！」

足を狙われた。頭を守るのに精一杯で避《よ》けきれない。

パガッ！　右の膝に鋭い痛みが走る。

「助けてくれー！」信男は、四つん這いで、助けを求めた。

何人かのヤジ馬がいたが、遠巻きにみているだけで、誰も助けてくれようとはしない。中には、携帯電話のカメラで写真を撮っている者までいた。

「助けてあげようか」

頭の上から声が聞こえた。

大星真子だった。手に、スタンガンを持っていた。


腕と膝の痛みで目が覚めた。

信男は、慌てて体を起こした。スタンガンで気絶させられたはずだ。

地下室……？　窓もないコンクリートに囲まれた部屋にいる。

「おはよう」部屋の隅に大星真子が座っていた。一人しかいない。

「……何のつもりだ？　こんな場所に連れてきやがって」

「タイマン張ろうよ」大星真子が、立ち上がった。「ここだったら誰にも邪魔されないでしょ」

大星真子の手に、ナイフがあった。信男が病院で使おうとした物だ。そのナイフを無造作に投げた。信男の前に滑ってくる。

「使ってもいいよ。ハンデね」

遠慮なく、使わせてもらおうじゃねえか。信男は、ナイフを拾い、立ち上がった。「切り刻んでやるよ」

大星真子が爆笑する。「いやあ……よくそんなダサい台詞を言えるなと思って。恥ずかしくないの？」

この女、殺す。信男はナイフを低く構え、突っ込んだ。大星真子は、コンクリートの壁を背負っている。後ろに逃げることはできない。

まず、腹をえぐる。泣き叫んでも許しはしない。

大星真子が、足を一歩踏み出した。次の瞬間、信男の体が宙を飛んだ。壁に全身を叩きつけられる。背中を強く打ち、呼吸ができない。

何が起こったんだ？……投げられたのか。ナイフは、どこだ？

「これ探してるの？」

ナイフは、大星真子の足元にあった。

信男は這いつくばり、ナイフに腕を伸ばした。が、大星真子に、手の甲を踏みつけられる。

「ぐあっ！」

もう片方の足で、顔面を蹴り上げられた。目の奥で火花が散る。

この女……強い。信男は、ヨロヨロと立ち上がった。腰が痛い。投げられたときに、尾てい骨を打ったようだ。

「私を殺すんでしょ？　ほら、殺しなさいよ」大星真子が信男の両手を摑んで持ち上げ、自分の首元に置いた。

信男は、大星真子の首を摑み、力任せに絞めた。が、また投げ飛ばされた。受け身を取り損なって手首を捻ってしまった。鋭い痛みが脳天まで突き抜ける。

……柔道？　どうやって投げられているのかわからない。

立ち上がった瞬間、大星真子の低いタックルに足元をすくわれた。コンクリートの床に、後頭部がぶつかった。

「格闘技、好き？」大星真子が信男の右手を取り、訊いた。「腕ひしぎ逆十字って知ってる？」

パキッ。乾いた音が、地下室に響く。

「簡単に折れたな。ちゃんと、カルシウム取ってんの？」大星真子が、もう片方の手を取った。

パキッ。もう一本の腕も折られた。

「ぎゃあああ！」信男は泣き叫んだ。痛みよりも恐怖が上回っている。今、自分はなぶり殺しにされようとしているのだ。

「次は足いくよ。膝十字固めね」右の足首を摑まれた。

ガキッ。膝が割れたような音がした。痛みのあまり、目眩《めまい》と吐き気がする。

「こっちもいっとこうか」

ガキッ。左足もやられた。股間と肛門がじんわりと温かくなる。小便と大便を漏らしてしまった。

「お願いします。殺してください……」

大星真子が、信男の顔を足の裏で踏みつける。「甘いよ。そう簡単に死ねると思ってんの？　あんたは餌なの。桃山家と猿渡家の争いが終わるまで、ここにいてもらうから」

そんな……。言いようのない絶望感に打ちひしがれた。

『東京が火の海になる』

信男は、ツヨシの予知を思い出した。こいつら、それを阻止するつもりなのか。

「とりあえず、眠ってろ」大星真子が、足を上げる。

鬼になれなかった……。

大星真子の全体重がのった踵《かかと》で思いっきり顔面を踏まれ、一瞬で、意識が断ち切られた。

第五章　超能力者　梶原ツヨシ

24 キリコの救出

梶原ツヨシは、タクシーを飛び降りた。

横目でチラリとコンビニを確認する。あのコンビニで山倉信男が待ち伏せしているのは、すでにわかっている。

大股でコンビニの前を通り過ぎる。もちろん、山倉信男には気づいてないフリだ。奴は、雑誌コーナーで立ち読みをしている。レジにいる旬介と目が合う。メガネで変装している旬介が、わずかに頷いた。

ツヨシは、目の前のマンションを睨みつけた。あそこにキリコがいる。ツヨシは歩くペースを速めた。

背後で、コンビニの自動ドアが開いた音がした。山倉信男が追ってくる。恐ろしいが、ここは旬介を信じるしかない。

うめき声がした。旬介が、信男に襲いかかったのだ。ツヨシは振り返った。山倉信男が尻餅をついて倒れている。武器さえなければ、山倉信男の戦闘能力は低い。

「キリコはどこにいるんだよ」旬介が、山倉信男に怒鳴った。

今のうちだ。ツヨシは小走りで、マンションの玄関へと急いだ。オートロックの番号を押す。奴らの部屋は、猿渡があらかじめ、マンションの管理人から聞いている。

自動ドアが開いた。グッドタイミングで、車が到着した。

「待ったか？」運転席から、猿渡が降りてきた。

「山倉は？」続いて真子が、助手席から降りてきた。

ツヨシは、コンビニの方向を指した。ガイン！　ガイン！　ガイン！　と金属音が響いている。旬介が、モグラ叩きのように山倉信男に殴りかかっていた。

「オラァッ！」金属バットが、右の膝にヒットした。

「助けてくれー！」山倉信男が、這いつくばり、助けを求めている。

「助けてくるわ」真子がスタンガン片手に言った。「これでね」

「行くぞ」猿渡が、先導してマンションへと入っていった。

真子が、山倉信男の元へと走って行く。ツヨシは、猿渡のあとを追った。

待ってろよ、キリコ。パパが今行くからな。

「これ、持っとけ」猿渡が銃を渡してきた。

猿渡が言って、エレベーターのボタンを押した。

銃を握る手に、ジットリと汗が滲んできた。

エレベーターを降りた。マンションの廊下には誰もいない。怪しいほど、しんと静まりかえっている。

「油断するんじゃねえぞ」隣にいる猿渡が、低い声で言った。

油断するわけがない。どこかに二人の殺人鬼が潜んでいるのだ。緊張で、銃を持つ腕が痺れてきた。

猿渡が部屋の前に立ち、管理人から預かったマスターキーを取り出した。鍵穴に差し込み、ゆっくりと回す。

ドアが開いた。部屋に生温《なまぬる》い空気が漂っている。誰もいないとすぐにわかった。

「気配がねえな」猿渡が、玄関に踏み込む。ツヨシも続いた。

リビング、寝室、浴室、ベランダ……。キリコはいない。

「クソッ。どこに行ったんだ？」猿渡が、冷蔵庫を殴りつける。

どこだ……。頭の芯が、熱くなってくる。あの感覚だ。目を閉じると無数の光が瞼の裏を走る。階段……コンクリートの床……空……。

わかった。ツヨシは、目を開いて言った。「屋上だ」

部屋を飛び出し、エレベーターで最上階へと向かった。

「あそこだな」猿渡が非常階段を指す。非常階段を上がり、屋上に出た。

「パパ！」キリコの声が聞こえた。

ツヨシは、キリコの姿を見て息を飲んだ。椅子に縛りつけられ、座っている。問題は、椅子の場所だ。屋上の壁の上に置かれているのだ。椅子を軽く押せば、屋上から真っ逆さまに落ちる。

「待ってたわよ」椅子の前に立つ女が微笑んだ。水野を刺した妻の杏理だ。

杏理の隣には、ゾンビのような女が立っている。病院で看護師に扮していた愛子という女だ。見れば見るほどゾンビに似ている。ゾンビ女はキリコが座っている椅子の脚を持ち、いつでも、落とせるように構えている。

「娘を離せ」

「離してもいいの？　キリコちゃん、落ちちゃうわよ」杏理が余裕の笑みを浮かべる。

「そんなことをしてみろ……お前らを……」

「どうするの？」

「……殺してやる」

杏理が大声を出して、笑った。「結局、あなたも私たちと同じね」

「下品に笑うんじゃねえ。耳が腐る」猿渡が一歩前に出た。「目的はなんだ？　山倉を抱え込んで何がしたいんだ？」

　杏理の顔から笑みが消えた。「桃山家を潰したいのよ」

「……俺と一緒じゃねえか」猿渡の顔色が変わった。

「じゃあ、私たちとチームを組まない？」

　杏理の言葉に、ツヨシの怒りが爆発した。「ふざけんなよ！　クソ女！　キリコを離せよ！」

　ゾンビ女が、キリコが座っている椅子を傾かせる。

「キャアア！　落ちるって！」キリコが金切り声を上げた。

　クソッ。動くことができない。

「詳しくお話を聞きたいわね」杏理が猿渡に近づいた。「どうして桃山を潰したいの？」

「くだらない争いを俺が止める。こいつの力を借りてな」猿渡がツヨシを指した。

　杏理が、じっとツヨシを見つめる。

「このお兄さん、予知能力があるんだって？」

「ああ。本物の超能力者だ」

「じゃあ、キリコちゃんの運命を見てもらおうかしら」杏理が、ゾンビ女に目配せをした。

　ゾンビ女が、椅子を揺らす。

「やめて！」キリコが、泣きながら悲鳴をあげる。

「……見えない」ツヨシは、正直に答えた。

「どこが、超能力者なのよ。頼りない相棒ね」

「だが、見えた未来は必ず当たる。こいつの予知では、東京が火の海になる」

「火の海？　どうやってよ？　戦争でも起こるの？」

「そこまでは……わからない」

たしかに、燃え盛る炎が見えたのだ。人々は恐怖に顔を歪め、悲鳴をあげて逃げまどっていた。

「勢力では、猿渡家は到底、桃山家には敵《かな》わない」猿渡が代わりに説明を始めた。「だから、テロ行為で桃山家を襲う計画を立てている」

「嘘でしょ……」杏理の顔から余裕の笑みが消えた。

また頭の芯が熱くなってきた……。予知だ。

最悪のヴィジョンだった。キリコが、アスファルトに叩きつけられて、血まみれで死んでいる。映像の中のキリコは、頭が割れて、どす黒い血と脳味噌をアスファルトの上にぶちまけている。

あと、何分だ？　何秒だ？

ゾンビ女と目があった。キリコが座っている椅子を握っている。こいつが、キリコを落とすのか？　どうすればいいんだ。助けようとして動いたら落とされる。しかし、動かなければ、キリコを死なすことになる。

キリコは、小刻みに震えながら、不安げな目でこっちを見ている。頬が涙で濡れていた。こんな形で娘を失うなんて、一生後悔してしまう。

「どうするの？」杏理が猿渡に訊いた。「私たちと組むの？　組まないの？」

一瞬の間の後、猿渡が答える。「組もう」

「はぁ？　ありえないって！」キリコが騒ぐ。

「キリコ！　大人しくしろ！」ツヨシが叫ぶ。

「パパまで何よ？　こんな奴らの言いなりになるの？」

「違う……違うんだ」

「何が違うのよ！」

答えられない。下手なことを言えば、それがきっかけでキリコが落とされるかもしれない。

「娘を黙らせて。私、うるさいガキが嫌いなの」杏理がツヨシを睨みつける。

「うるせえ！　ババァ！」キリコが、杏理に向かって唾を吐く。唾が杏理の頬にかかった。

「何やってんの、アンタ？　これで二回目じゃない」杏理は額に青筋を立てる。

ヤバい！　瞬間的に、ツヨシは走り出した。頼む！　間に合ってくれ！

ゾンビ女が、躊躇なく、キリコが座る椅子を何もない空間へと押した。

落ちる！

「あっ……」キリコが目を見開く。

届け！　ツヨシは、両腕を伸ばした。ギリギリのタイミングで、キリコの右足を摑むことができた。しかし、キリコの全体重が腕にかかり、ツヨシも屋上から外に投げ出されそうになる。ガクンと衝撃があり、体が止まった。

「危ねえな！　親子で落ちたらどうすんだよ！」猿渡が、ツヨシのベルトを摑んでくれた。

「早く娘を引き上げろ！」

わかっているが、重い。手の汗で滑りそうになる。

「パパァ！　離さないでぇぇ！」キリコが絶叫する。

わかっている。離すものか。

「今の動きは予知してなきゃ無理よね」杏理が感心して言った。

ゾンビ女が、ナイフを出した。さ、刺すのか？　この状況で？

「おい！　やめろって！」猿渡が、怒鳴る。「俺たちとチームを組みたいんだろう？　殺してどうすんだよ！」

ゾンビ女は聞く耳を持たず、ナイフを振り上げた。

「愛子！」杏理が、鋭く言った。

ゾンビ女のナイフが止まる。

「やめなさい。この人たちも仲間なのよ。キリコちゃんを助けるのを手伝ってあげて」

仲間だと……。納得できるわけがないだろう。


ツヨシたちは、屋上から杏理の部屋に移動した。キリコには病院に行ってから家に帰るように言った。本当はついていってあげたかったが、こちらの事情のほうが深刻だ。一人にするのは忍びなかったが、いっしょに連れてくるのはもっと危険だ。

さっきから、誰も口をきかない。重苦しい空気が、部屋の中に漂っている。

部屋に入る前、「俺を信じろ」と猿渡が耳元で囁いた。

殺人鬼と組む？　考えられない。現に、愛子と呼ばれるゾンビ女は、キリコを屋上から突き落とした。ツヨシが、助けるタイミングが、あと0・5秒でも遅ければ、アスファルトで頭を割って、今頃はあの世に行っているだろう。

「ビールでも飲む？」杏理が沈黙を破った。

「いらない」猿渡が答える。「飲んでる場合じゃないだろう」

「超能力者さんは？」杏理がツヨシに訊く。

ツヨシは首を横に振った。こいつらが出してくる物に口をつける気はない。

「あ、そう。ずいぶん用心深いのね」

そのとき、インターホンが鳴った。全員が玄関を向く。

「俺が出る」猿渡が立ち上がり、ドアを開けた。

「なによ、これ？　どういうこと？」山倉信男の監禁を終えた真子が、戻ってきた。

猿渡が、真子を部屋に招き入れて言った。「俺たちは、この女たちと組むことにした」

真子が眉をひそめた。「ふざけてんの？」

「落ちつけ。俺たちの敵は一緒なんだ」

杏理が、立ち上がった。「何か飲む？」

真子が、飛び出した。頭を低く下げ、杏理にタックルを仕掛ける。杏理が体を捻ってかわそうとしたが、真子のスピードに軍配が上がった。

真子が、杏理の両足を刈る。朽木《くちき》倒《たお》し。柔道の技の中でも一、二を争う地味な技だ。畳の上なら地味だが、狭い屋内でかけると効果を発揮する。

杏理は受け身をまともに取れず、後頭部を冷蔵庫に打ちつけた。

「グゥ……」杏理が、頭を押さえ、呻き声を上げる。

真子が素早く立ち上がった。つい最近、退院したばかりの者の動きではない。

愛子が真子に背中を向け、キッチンで武器を探す。引き出しを開け、何かを取り出した。

真子が距離を取る。さすがの真子もうかつに愛子には近づけない。

振り返る愛子の手に、キッチンバサミが握られていた。突き刺せば、強力な武器となる。

「真子、やめろ。それ以上争うな」猿渡が、止めようとする。

「それはあのゾンビ女に言ったら？」真子が言い返す。

愛子はハサミを逆手に持ちかえ、戦闘態勢を崩そうとしない。

「いい加減にするんだ！」猿渡が銃をかまえた。

真子と愛子の動きが、ピタリと止まる。

「ツヨシ、お前もかまえろ」

「お、おう」ツヨシも、慌てて渡された銃をかまえた。

ど、どっちに銃口を向ければいいんだ？　とりあえずは、愛子に向けることにした。ハサミを持って、自分に飛びかかってこないとも限らない。

安全装置って……あるんだっけ？　そろりと銃身を見る。どれが安全装置なのか、全然わからない。映画とかで、安全装置をかけたままで撃てないシーンをよく見る。その度に、「あんなマヌケいるのかよ」とバカにしていたが、今の自分がその状態に陥っているではないか。

「二人とも動くんじゃないぞ」猿渡が、真子と愛子を牽制《けんせい》する。

「やってられない」真子が、戦うのをやめた。「帰る」

「おい、待て」

真子は猿渡の制止を無視して、部屋を出て行った。

25　最悪の予知

「新しい隠れ家はどこなのよ？」助手席の杏理が訊く。

「もうすぐだ」ハンドルを握る猿渡が答える。

翌日。猿渡が「桃山家の力をナメないほうがいい」と隠れ家を変えることを提案した。

ツヨシは後部座席に座っていた。隣には愛子。不気味な女だ。さっきから、宙の一点を見つめたまま、一言も発しない。

結局、真子は戻ってこなかった。真っ直ぐな彼女は、たとえどんな事情があれども、自分の信念を曲げない。殺人鬼と組むなんてことはできないのだ。

武蔵小山《むさしこやま》駅に着いた。ここに新しい隠れ家がある。

「降りろ」猿渡が、路上に車を停める。

「パーキングに停めなくてもいいの？」杏理が、助手席のドアを開けながら言った。

「この車は盗難車なんだ、ここで乗り捨てる」

「刑事が盗んだの？」

「桃山家に動きを知られたくないからな」

「警戒しすぎじゃない？　意外と小心者なのね」

猿渡がツカツカと歩み寄り、杏理の胸倉を摑んだ。

「死にたくなければ、黙ってろ」

愛子が、ジーンズのポケットに手を突っ込んだ。刃物を出す気だ。

「愛子。やめなさい」杏理が愛子を制した。

愛子がポケットから手を抜く。危うく駅前で乱闘が始まるところだ。

「桃山家に関しては、俺のほうが詳しい。茶化すような物言いはやめろ」

「はいはい。あんたがリーダーってわけね。わかったから、その手を放してよ」

猿渡は杏理を放し、駅前の商店街を歩き出した。

この街の商店街は大きい。アーケードは東京で一番長いらしい。マクドナルドから、スカートの短い女子高生がキャッキャッと騒ぎながら出てくる。婦人服店では、店じまいのバーゲンをやっている。和菓子屋、自転車屋、スーパーまである。のどかな風景だ。誰もが幸せそうに歩いている。

東京中が火の海に……。あの予知は、本当に起こりうるのだろうか。自分を曲げてまで殺人鬼と組むのは、どうしてもそれを阻止したいからだ。

商店街を抜け、住宅街に出る。住宅街も通り抜け、大通りに出た。

「このビルだ」猿渡が、通り沿いに立つビルを指した。雀荘や喫茶店の看板がビルの壁に残っているが、どの店も営業している様子がない。

「ここに信男を監禁しているのね」杏理が言った。

猿渡が、返事をせずにビルの階段を下りていく。このビルは、猿渡が刑事のコネを使って、大家から借りているビルだ。詳しくは聞かなかったが、大家をヤクザから守ったお礼で、家賃も払っていないらしい。

地下にはスナックが並んでいた。もちろん、どの店も潰れて営業していない。猿渡が鍵を出し、一番奥のドアを開けた。

殺風景な内装。工事中だったのか、カウンターやテーブルもない。部屋の隅に、山倉信男がいた。顔面をボコボコに腫らし、倒れている。

「随分と派手にやられたわね」意外なことに、杏理は冷静だった。

信男は死んではいないが、すぐに動ける状態ではなかった。いわゆる半殺しというやつだ。

「二、三日、ここに滞在する」猿渡がカウンターに自分の荷物を置いた。

「えっ？　こんな汚い所で？　冗談じゃないわよ！」杏理が叫ぶ。

「今のところ、ここが一番安全だ」

「お風呂は？」

「別に入らなくても死なないだろう？」

「ありえない」杏理が、部屋を出て行こうとした。

「どこに行くんだ？」

「お腹が空いたのよ！」

「お前は行くな。ツヨシに買出しに行ってもらう」


ツヨシは商店街に戻り、スーパーに入った。

お茶、おにぎり、惣菜類などを適当に選ぶ。猿渡は、どうやって桃山家と戦うつもりなのか。チームを組んだからといっても、そう簡単に勝てる相手ではない。

高菜おにぎりを手に取った瞬間、頭の芯が痺れた。瞼の裏で細かな光が散る。

——ヴィジョンだ。

アーケードに、炎が広がる。まるで空襲にでもあっているかのように、商店街の人々が悲鳴をあげ、逃げ惑う。ひときわ大きな炎の塊《かたまり》が、女子高生たちを襲う。

なんだ、このヴィジョンは？　武蔵小山の商店街のアーケードが焼け落ちている。こんなリアルなヴィジョンを見たのは初めてだ。いつもの予知は、もっとモヤみたいなものがかかり、ピントがあっていない。しかし、今回の予知は、ハイヴィジョンのテレビでもみているように、クッキリと見えた。

確実に、この予知は当たる。しかも、今すぐ起こる。

ツヨシは、スーパーの籠《かご》を放り出した。おにぎりと惣菜が宙に舞う。スーパーを飛び出し、商店街に出る。

まだ、何も起こっていない。平和でのどかな風景のままだ。ツヨシは、胸いっぱいに空気を吸い込んだ。

「逃げろー！」

ツヨシの大声に、商店街を歩いていた全員が立ち止まった。

「みんなー！　早く逃げろー！」

買い物客全員が、狂人でも見るような目でツヨシを見ている。当たり前だ。誰だってそう思うだろう。

サーティワンアイスクリームの店内から女子高生たちが出てきた。ヴィジョンで、炎の塊の下敷きとなった子たちだ。

「君たち！　逃げるんだ！」ツヨシは女子高生たちに駆け寄った。

もうすぐ、予知が現実となってしまう。

しかし、女子高生たちは、クスクスと笑うだけで逃げてくれない。

「頼む！　逃げてくれ！」

キャタピラの音が聞こえた。

ウソだろ……。商店街に、戦争映画でしかみたことのない乗り物が入ってきた。

戦車かよ！　足がすくんで動けない。逃げようと振り返って、さらに愕然とした。

商店街のもう片方の入口からも、戦車が入ってくる。

戦車が二台って……。商店街の中で、戦車に挟まれるなんて、誰が想像できるだろうか？

女子高生たちも、主婦も、店員も、夢でも見るように、アングリと口を開けている。戦車が二台とも、砲身を上げた。アーケードに狙いを定めている。

マジで……撃つのか？

砲身の先から火柱が出た。商店街に轟音《ごうおん》が響き渡る。

本当にやりやがった！　アーケードに二つの穴が開いた。弾《はじ》け飛んだ鉄骨が落ちてくる。

商店街にいた全員が、悲鳴をあげた。アーケードに、あっという間に炎が広がっていく。

まさに、予知どおりの光景が、目の前で起こってしまった。

「危ない！」ツヨシは、女子高生たちに突っ込んでいった。「逃げろ！　走れ！」

「いやああ！」女子高生が、訳もわからずに、その場から散っていった。

来る。ツヨシは上を見た。破壊されたアーケードが、炎の塊となって落下してくる。おもいっきり前方に飛び、間一髪で炎の塊をかわすことができた。

痛い。ヒザを打ってすぐには立ち上がれない。

再びキャタピラ音が鳴る。二台の戦車が動きだし、挟みこむようにツヨシに迫ってくる。

戦車のハッチが二台とも開いた。機関銃を持った黒ずくめの兵士が数人、ゾロゾロと降りてきた。

「せ、戦争が、は、始まったの？」へたり込んでいる主婦が呟いた。

兵士の中に、見覚えのある女がいた。

「お久しぶりね、梶原ツヨシさん」

桃山家の鳥飼鳴美だ。あっという間に、黒ずくめの兵士たちが、ツヨシを取り囲む。この女は、前回、ヘリコプターで登場した。どれだけ街を破壊すれば気が済むのか。

鳴美が、機関銃の銃口をツヨシの額にピタリとつけた。「山倉信男はどこなの？」

「や、やめて！　殺さないでくれ！」ツヨシは、四つん這いのまま逃げようとした。兵士たちの輪から出ることができたが、和菓子屋の前でまた囲まれた。

「往生際の悪い男ね」鳴美が兵士たちの輪に入ってくる。

あと三歩、近づいて来い。今だ。ツヨシは、横飛びで目の前の兵士に体当たりした。

「鳴美さん、危ない！」兵士の一人が叫ぶ。

予知どおりだ。ヴィジョンでは、和菓子屋の前にひときわ大きな炎の塊が落ちてきた。兵士の一人が、とっさに鳴美に体当たりした。鳴美が、吹っ飛ばされる。

「グアァッ！」炎の塊が、兵士たちを直撃した。火の粉《こ》が激しく舞い上がる。

予知では、さらに、崩れた鉄骨が降ってくるはずだ。

「鉄骨が落ちてくるぞ！」ツヨシは、大声で叫んだ。兵士たちが一斉に上を見上げる。

アーケードが悲鳴を上げた。兵士たちが、蜘蛛の子を散らすように逃げ出す。ツヨシも一緒になって逃げた。

ガガン！　ガコン！　ガン！　次々と、二メートル近い鉄骨が落ちてきた。ツヨシは猛ダッシュで、商店街を走り抜ける。兵士たちは、鉄骨に気を取られて、ツヨシを見ていない。逃げ出すなら今だ。

戦車の横を抜け、商店街を出る。振り返って確認しても、兵士たちは一人も追いかけてこない。

どうする？　猿渡たちが待つ隠れ家に戻るべきか？　戻らざるべきか？　そもそも、どうして桃山家は、ツヨシたちが武蔵小山にいるとわかったんだ？

何かGPSのような発信機をつけられているのか？……それはない。隠れ家を移動するときに、散々チェックした。

もっとシンプルに考えろ。ひとつの推測が頭をよぎる。

もし内通者がいたら？　こっちの動きを桃山家に報告している裏切り者がいるとしたら？

ツヨシは、路地裏に入り込み、ジグザグに走り続けた。いつ、兵士たちに追いつかれるかわからない。

裏切り者は誰だ？　一番怪しいのは、愛子だ。口数も少なく、いつもじっと観察するように、こっちを見ている。あとは、杏理……。あの女も怪しい。山倉信男の姉というのも本当だろうか？　猿渡はどうだ？　信じていいのか？　桃山家と猿渡家を相手に戦うと言っているが、それが全部、嘘だったらどうする？

混乱してきた。何を信じていいのかわからない。こうなったら、自分を信じるしかない。自分の特殊能力で身を守るしかないのだ。

ツヨシは、隠れ家に戻ることに決めた。見極めてやる。誰が、裏切り者なのかを。

26　裏切り者を探せ

ツヨシは、息を整え、隠れ家のスナックのドアを開けた。アーケードから少し離れたビルの地下で、外の騒ぎもここまでは届かない。

「ただいま」何食わぬ顔で、中に入る。

商店街で戦車に襲われたことは、あえて言わない。裏切り者の反応をうかがうためだ。

「食料買ってきたよ」ツヨシは、おにぎりとお茶が入ったビニール袋を三人の前に置いた。

「コンビニかよ」猿渡が口を尖らす。「商店街には行かなかったのか？」

「ああ……」ツヨシは、わざとそっけない口調で答えた。

瞬時に、三人の顔を見る。三人とも、目立った反応はない。

「何かあったの？」杏理が、眉をひそめる。「顔色が悪いわよ」

「こんな状況に巻き込まれているんだ。誰だって顔色が悪くなるだろう」

まだ三人の表情に変化はない。

「どうして商店街に行かなかったんだ？」猿渡がしつこく訊いてくる。

「何となく……気が向かなかったから」言葉を濁して答える。

猿渡は、なぜ商店街にこだわっているんだ？　こうなってくると、全員が怪しく思えてきた。

「ツヨシ君、何か隠してるでしょ？」杏理が近づいてきた。

「何を隠すんだよ」ツヨシは後ずさりながら答えた。

ツカツカと杏理が近づいてくる。チラリと猿渡を見ても助けてくれない。

背中が壁についた。これ以上、逃げられない。杏理が手首を摑んできた。

「何ビビってんのよ」

「たしかに様子がおかしいな」猿渡も詰め寄ってくる。「話してみろよ」

「話すことなんかないよ」

愛子も杏理の横に並び、無言のプレッシャーをかけてくる。

「……あるヴィジョンが見えたんだ」

「どんな予知なの？」杏理がツヨシの手を放す。

「俺が死んでしまっているんだよ……」ツヨシは、なるべく深刻そうな顔を作った。嘘は得意じゃない。表情を読み取られないようにうつむいた。「この中の誰かに殺されたんだ」

ツヨシは顔を上げ、三人の表情を読み取ろうとした。

「何だそれ？」猿渡が顔をしかめる。「誰に殺されたんだ？」

「誰に殺されたかはわからない。だけど、この中にいる人間なのは確かだ」

ツヨシの言葉に、三人が顔を見合わせる。

嘘をつくのは難しい。学生時代も、文化祭の劇で演技をするのが、何よりも苦痛だった。

杏理が質問を続けた。「ヴィジョンの中では、どうやって殺されたのよ」

何て答える？……こうなりゃヤケクソだ。

「後ろから、刃物で刺されたんだ」

「それで、犯人の顔が見えなかったってわけね」

「待てよ。じゃあ、犯人はこの三人じゃないかもしれないってことだな？」

猿渡の意見に言葉が詰まる。早く反論しないと、疑われてしまう。

「いや、俺がヴィジョンの中で殺されたのはこの部屋だった」

苦し紛れの嘘が、どこまで通用するのか？　そろそろボロが出そうでマズい。

「この部屋でね……。じゃあ、こうしましょう。刃物を持っている人は出して」

杏理の提案に、愛子が素直にナイフを出す。杏理も自分のナイフをポケットから取り出した。

「アンタは？」杏理が猿渡に訊く。

「俺はコレしか持っていない」猿渡は鍵をかざした。

「コレを預かって」杏理が、二本のナイフをツヨシに渡した。「それなら安心でしょ」

妙な展開になってきた。このままでは裏切り者を見つけ出すことはできない。急がないと、いつ鳴美と兵士たちが、ここにやってくるかわからないのだ。

ツヨシは必死で頭を回転させた。なぜ、鳴美と兵士たちは、この隠れ家ではなく、商店街を襲ってきたのか？

……内通者はこのビルの場所を上手く説明できなかったということか。商店街なら説明の必要はない。となると、内通者は猿渡ではないということになる。このビルに連れてきたのは猿渡だ。住所を正確に説明できるはずだ。

残るは杏理と愛子……。どっちが裏切った？　ツヨシは、気づかれないように、二人の顔を見た。杏理の表情に全く動揺の色はない。愛子にいたっては、ずっと無表情のままだ。

待てよ。二人はもともと仲間だ。二人ともが内通者ということはないか？　ますます、わからなくなってきた。

「ツヨシ、すごい汗だぞ」猿渡が、心配そうに声をかけてくる。

「そりゃ、ビビるわよね。自分が殺される予知を見たんだから」杏理が、小馬鹿にしたように笑う。

時間がない。強硬策に打って出てやる。「三人とも、携帯電話を見せてくれないか」

杏理の顔から、笑みが消えた。「どういう意味？」

「いいから出してくれよ」

「説明してくれなきゃ見せられないわ。殺人鬼にだってプライバシーはあるのよ」

冗談で返してきたが、杏理の顔がわずかに引きつっている。

「俺は見せるぜ」

猿渡が、逆らうことなく、自分の携帯電話を渡してきた。たぶん、ツヨシが「何かをしようとしているな」と感じ取ってくれたのだ。

「早く見せてくれ」今度は逆に、ツヨシが杏理に詰め寄った。

「嫌だって言ってるでしょ」杏理も詰め寄る。

ここが、勝負の賭けどころだ。

「商店街で桃山家に襲われた」ツヨシは真実を告げた。

「何？　マジか？」猿渡が驚く。自然な驚き方だ。

「逃げてきたの？　まさか、ここまで尾《つ》けられてないでしょうね？」杏理の反応もごく自然だ。

愛子だけ黙っている。相変わらず無表情だ。それとも、動揺を押し殺しているのだろうか？

一気に畳み掛けてやる。「この中に、桃山家と繋《つな》がっている奴がいる」

杏理と猿渡の表情が固まった。

「なぜ、そう思う？」猿渡が訊いた。

「突然、ピンポイントで商店街を襲ってくるなんて不自然すぎる。俺が買い物に行ったのを見計らったように戦車でやってきた」

「戦車？」猿渡が目を見開く。

「嘘でしょ？　あまりにもムチャクチャすぎるわ」杏理も口を開けた。

ツヨシは、説明を続けた。「わざわざ戦車でやってくるなんて、時間がかかりすぎる。前もって、内通者は、俺たちが武蔵小山に移動したと連絡したんだ。しかし、内通者は、上手くここの場所を説明できなかった」

「なるほど、だから、わかりやすい商店街と指示を出したのか」猿渡が頷く。「そんなタイミングで連絡が取り合えるなんて、ここにいる人間しか不可能だ」

「そうでもないぜ……」部屋の隅で気を失っていたはずの山倉信男が体を起こした。「この場所を知っている人間がもう一人いる」

「誰だよ？」猿渡が訊いた。

山倉信男は、全員を見回し言った。「大星真子だよ。消去法でいくと、あの女しかいねえだろう」

　山倉信男が床に唾を吐いた。血のついた歯が転がる。

「信男、起き上がっても大丈夫なの？」杏理が心配そうに声をかける。

「大丈夫じゃねぇよ……あの女、化物か？　メチャクチャ強いよ」

「殺されなかっただけマシと思え」猿渡が近づいた。

　山倉信男が、猿渡を下から睨みつける。「あの女が内通者だ」

「信じるわけねえだろう。その手には乗らねえよ。なあ、ツヨシ」

　猿渡の言葉にツヨシは頷いた。真子は正義感の塊のような女だ。どう考えても、桃山家と組むなんてありえない。

「ありえないことが起きるのが、人生なんだよ」山倉信男がニタリと笑う。

　惑わされるな。裏切り者は、杏理か愛子のどっちか、もしくは二人ともに決まっている。

　待てよ……。桃山家の目的は、山倉信男だ。だとしたら、杏理と愛子はいつでも山倉信男を桃山家に差し出すチャンスがあったはずだ。山倉信男の言うとおり、消去法なら内通者は真子しかいない。

「やっぱり、消去法だと大星真子になるだろ？」山倉信男は心を読んだかのように言った。

「ツヨシ、裏切り者なんていないんだよ。気のせいだって」猿渡が、肩をポンと叩いてきた。

気のせいなんかじゃない。ツヨシは、必死で予知をしようと眉間に皺を寄せた。何も見えない。肝心なときに、見たいヴィジョンは浮かんでこないのだ。

……自分の直感を信じろ。

「俺は抜ける」ツヨシが、力強い口調で言った。

ツヨシの言葉に猿渡が驚く。「マジで言ってんのか？」

「ああ、俺はお前らとは組まない」

ツヨシは、部屋を出ようと歩き出した。

ドアノブを摑んだ瞬間、猿渡が言った。「一人で戦うのか？」

ツヨシは首を横に振った。

「逃げるつもりか？　言っとくけどな、桃山家からは絶対に逃げられねえぞ！　面が割れてんだからよ！」

ツヨシは、もう一度、首を振った。

「……じゃあ、どうするんだよ？」

「戦う」ツヨシは、ドアを開けた。

「誰とだよ！」

ツヨシは、何も答えずドアを閉めた。ダッシュで地下からの階段を上り、ビルを飛び出す。

ここにいては、危ない。いつ、鳴美たちに嗅《か》ぎつけられるかわからないのだ。

ツヨシは、走りながら携帯電話を取り出し、《大星真子》の番号にかけた。


三十分後、品川駅のホームで真子に追いついた。

真子はJR山手線のホームで電車を待っていた。肩で息をするツヨシを不思議そうに眺める。

「……どこに行くんだ？」ツヨシは呼吸を整えながら真子に訊いた。

「東京駅」真子がぶっきらぼうに答える。

「そこからどこに行く？」

「……地元に帰る」

「東京はどうすんだよ？　東京が火の海になるって言っただろ？　このままだと、多くの人が死ぬぞ」

「私には関係ないわ」

ツヨシは真子の頬を平手で張った。正しくは、張ろうとしたのだが、真子によけられて、指先が頬をかすっただけだった。

「何すんのよ！」逆に、真子がツヨシをビンタした。

女のくせに、重い打撃だ。ツヨシは山手線のホームで尻餅をついた。まわりのヤジ馬たちがクスクスと笑う。

「俺と……戦おう」ツヨシは、フラつきながら立ち上がった。「それが、俺たちの運命なんだ」

「馬鹿じゃない」真子は歩き出した。

「お、おい！　待ってくれよ！」ツヨシは、頰を押さえながら真子を追いかけた。

27　二人だけの戦い

「二人でどうやって戦うのよ？」

ツヨシは真子と、五反田《ごたんだ》駅のホームに降りた。

真子の質問に即答できない。まともに考えれば、桃山家と猿渡家を敵に回して、勝てるわけがない。

「戦うって表現がおかしいのかもね」真子が改札を通りながら言った。「隙をつく。奇襲をかける」

「具体的に言ってくれ」

「ゲリラ戦法を取るしかないってことよ。相手は戦車まで持ち出してくんのよ。正面からぶつかったところでペシャンコにされるのがオチでしょ」

「言われなくてもわかってるよ」

「大将のクビを狙うしかない。桃山家のボスよ」

「ボスが誰か知ってるのか？」

「知らないわよ。超能力でなんとかしてよ」

「なんとかできないよ！　それに、俺は超能力者なんかじゃないってば！」

「いい加減、認めたら！」真子が立ち止まり、真正面からツヨシを見た。「あなたは救世主になる運命なの」

ツヨシは、真子の力強い視線から思わず目を逸らした。「俺は……しがない喫茶店のマスターだ」

「はいはい。さっさと今夜の寝床にいくわよ」真子が手を叩いて歩きだした。「この界隈《かいわい》だったらラブホテルがあるでしょ。桃山家もそこまではマークしてないはずよ」

「いや……でも……ラブホテルって……あの……」思わず、口ごもってしまう。妻が他界してから、そういうことからも縁遠くなってしまった。

「安心しなさい。何もしないから」真子が呆れたように笑った。

ラブホテルで一泊し、午前九時にチェックアウトした。

ベッドは真子が占領し、ツヨシはソファで寝た。微妙な硬さのソファだったので、背中と腰が痛い。

キリコと旬介には、昨夜のうちに東京を離れるように連絡をした。今頃、新幹線に乗って名古屋の親戚の家に向かっているはずだ。

「天気がいいね」真子が、快晴の空に目を細めて伸びをした。

雲一つない天気。平和な一日が始まりそうな朝だ。

「まずは、朝ごはんね」真子が、アクビまじりに答えた。あまりにも緊張感がない。それとも、肝が据わっているのだろうか。

五反田駅前のマクドナルドで朝マックを食べた。朝だというのに満員だった。

「昨夜も予知夢を見た？」ホットコーヒーを片手に、真子が訊いた。

ツヨシは首を横に振った。本当はある鮮明なヴィジョンを見た。ただ、今は言えない。

「ふーん」真子が残念そうにホットコーヒーをすする。

「どういうときに、よく予知が起こるの？」

「いつも突然だから……」

突然、熱々のコーヒーを腕にぶっかけられた。

「熱っ！　何すんだよ！」ツヨシは、テーブルから飛び上がって怒鳴った。他の客が何事かと、こっちを見る。

「ごめんね。でも予知できなかったの？」

「できないよ！」

「なるほど。危険が迫っても予知はできない、と」

「実験するなよ……火傷《やけど》したじゃないか」テーブルナプキンでシャツについたコーヒーを拭いた。

「じゃあ、しょうがないね」真子が立ち上がった。「山倉信男に直接案内してもらおう」

「山倉信男を誘拐するのか？」ツヨシは、まじまじと真子の顔を見た。冗談を言っている顔ではない。

「それしか方法がないんだから、しょうがないでしょ」

「あんな奴ら相手に、どうやって誘拐するんだよ？」

山倉信男を守っているのは二人の殺人鬼と現役の刑事だ。

「正面からいく」真子が、首をポキッと鳴らした。「まだ、あいつらはあの隠れ家にいるんでしょ？」

ＪＲ山手線で目黒まで行き、東急目黒線に乗り換える。不動前《ふどうまえ》の次が武蔵小山だ。

武蔵小山の駅前は、ちょっとしたパニックになっていた。警察やマスコミ、ヤジ馬たちが商店街の入口に大挙している。

昨夜、鳥飼鳴美をリーダーとする桃山家の軍団が、戦車で商店街を破壊した。

これほどの騒ぎを起こしてまでも、山倉信男を捕獲しようとしているということは、向こうも焦っているのだろうか。

商店街は通行禁止になっていた。そこら中にロープが張られ、焼け落ちたアーケードの残《ざん》骸《がい》が飛び散り、焦げ臭い匂いが充満している。ツヨシと真子は、商店街を回避しながら大通りを歩いた。

「猿渡、杏理、愛子のうちの誰かが裏切り者かもしれないんだ」

「どういうことなの？」

ツヨシは、昨夜のことを簡単に説明した。「三人の中で、誰が一番怪しいと思う？」

早く裏切り者を見つけ出さないとマズい。山倉信男を誘拐するときに桃山家に密告されては、後が厄介だ。

「本人たちに聞けばいいんじゃない？」

「……方法は？」ツヨシにとって真子は心強いが、反面、かなり不安だ。退院してからというもの、真子は日に日に暴走している。

「もちろん、力ずくよ」


ビルの前に着いた。

「行くわよ」真子が階段を下りようとした。

「ちょっと待ってくれ」ツヨシは真子の腕を掴んだ。「ヴィジョンが見えそうだ」

意識を集中させる。頭の奥がジンと痺れてくる。ぼやけている映像のピントが徐々にあってくる。銃。鮮血。撃たれたのは真子だ。心臓を撃ち抜かれて倒れる真子。場所は地下室……。撃ったのは、杏理だ。

「ヤバい。一旦、引き返そう」

「どうしてよ？」

「……真子ちゃんが銃で撃たれる。相手は杏理だ」

真子は怯《ひる》むどころか、ニヤリと笑みを浮かべた。「やっぱり、予知能力って便利ね」

駆け足で階段を下りていく。

「お、おい！　待てよ！」ツヨシは、慌てて真子を追いかけた。どこまで命知らずな女だ。

真子が、一番奥のスナックに飛び込む。ツヨシも体を屈めて部屋に入った。

「何だよ、お前ら？　戻ってきたのか？」猿渡が目を丸くする。

杏理、愛子、山倉信男と全員揃っている。コンビニの袋がある。全員カウンターの椅子に座っていた。ちょうど、朝ご飯中だったようだ。

「山倉信男を借りるわよ」真子が、猿渡に近づいた。

一瞬だった。真子が猿渡の懐にもぐり込み、胸倉を摑んだ。猿渡の体が宙に舞う。

一本背負い？　背負い投げ？　技にキレがあり過ぎてわからない。猿渡が、床に叩き付けられて、呻き声をあげる。

「正気なの？」杏理がナイフを出した。

愛子も同じようなナイフを出す。山倉信男は丸腰のようだ。

「私、ナイフには刺されないのよね？」真子がツヨシに確認した。

「う、うん。でも……」ヴィジョンでは見たが、確信は持てない。

「大丈夫、信じてるから」真子が、ナイフを持つ杏理へと突っ込んだ。

危ない！　ツヨシは、思わず、目を覆いそうになった。杏理が、真子の上半身めがけてナイフを突く。真子が体を捻り、ナイフの切っ先を避けた。

動きに全く迷いがない。ツヨシの予知を完全に信じているからこそできる動きだ。ナイフをかわされた杏理が、バランスを崩す。真子が、ナイフを持っている側の杏理の手首を摑んだ。

「今まで何人殺したの？」真子が関節技で杏理の手首をきめる。

「うるせえ！」杏理が痛みに顔を歪める。

「真子ちゃん！　後ろ！」

真子の背後で、愛子がナイフを振り上げた。真子が体を反転させた。杏理もその動きに引っ張られる。

「ギャア！」杏理が悲鳴を上げた。愛子のナイフが首に刺さったのだ。

「あ……あ……」愛子が呆然として、ナイフから手を離す。

ドボドボと信じられない量の血が杏理の首から溢れだした。

「味方同士で何やってんの？」

「う……あ……」愛子はショックのあまり、言葉が出ないようだ。

「しかも、武器まで手放して」真子が、愛子の髪の毛を摑んだ。顔面にパンチを入れる。ぐしゃりと鼻が折れる音がした。

「ひいっ」山倉信男が、逃げようとした。

「捕まえて！」

真子の声に、ツヨシの体が勝手に反応した。ツヨシは、足を引きずって部屋を出ようとする山倉信男に体当たりをした。山倉信男の体が吹っ飛び、壁に頭を打つ。

「ううっ……」山倉信男が倒れる。

「やればできるじゃない」真子が、愛子の髪の毛を掴みながら微笑む。「武器を持ってないか調べて」

ツヨシは、急いで山倉信男の体をチェックした。武器は持っていない。

「次はアンタの番よ」真子は、愛子の頭をぐいっと上げた。

愛子は、すでに戦意喪失している。姉貴分の杏理を刺してしまったショックから立ち直れていない。

真子の体が沈んだ。この技なら知っている。巴投《ともえな》げだ。愛子の体が宙に舞った。髪の毛がブチブチと抜ける。変な角度で、コンクリートの床に頭から落ちた。首がぐきりと折れ曲がる。

柔道って、すげえ。ツヨシは、初めて柔道の強さを思い知った。畳の上でやる柔道と実戦の柔道とでは、これほどまでに差があるものなのか。

ひとたび投げられれば、床や壁が、凶器となる。女の真子でも十分に破壊力のある攻撃ができるのだ。

杏理が、床を這い、猿渡の拳銃を拾おうとした。

「なるほど、ここで私が油断して撃たれてしまうのね」真子が、杏理の手を踏みつけた。

あと数センチのところで、銃に届かなかった。

「ぐうっ！」杏理が、悔しそうに涙を流す。

「残念でした。今の私は無敵なの」真子が、杏理の顔面を蹴り上げる。杏理が全身を痙攣させ、意識を失った。

真子は腰を打って動けない猿渡に近づいた。「桃山家は私が倒すから」

「……なんだと？」

「救急車呼んでね。早くしないと女の子たちが死ぬよ」

真子が、山倉信男の髪を摑んで起こす。「行くよ」

「ど……どこに」

「桃山家に決まってるでしょ」

ツヨシも手伝って部屋から山倉信男を運び出した。

「ね。うまくいったでしょ？」真子が、ツヨシに笑いかけた。

「ムチャだよ……君が死んだらどうするんだ。現にヴィジョンでは」

真子がツヨシの言葉を遮った。「大丈夫。運命は変えられるの」

第六章　純喫茶探偵　大星真子Ⅱ

28　破壊者　大星真子

「桃山家のトップって誰よ？」

真子は、ビルの階段を上りながら山倉信男に訊いた。

「痛てえ……痛てえよ……」山倉信男が、苦痛に顔を歪める。ツヨシが肩を支えて無理やり歩かせている状態だ。

「聞いてるの？　早く答えなさいよ！」真子は山倉信男におもいっきりビンタをした。

バチンという威勢のいい音に、ツヨシがビクリと反応する。

「許してください……お願いですから……」

「許すわけないでしょ！　何人も殺しといて何言ってんのよ！」今度は、グーで殴ってやった。山倉信男の鼻から血が噴き出す。

「ぐぶ、ぐぶ、ぐぶぶ」山倉信男が、変な音を出しながら泣き出した。

真子は、横目でツヨシの表情を見た。私のこと、怯えてる……。もしくは、引いている？

何の因果で、恋した人の目の前で大暴れしなくてはならないのだろうか。

もう、ここまでくればヤケクソだ。桃山だか猿渡だか知らないが、私が潰してやる。

「ツヨシさん、ライター持ってる？」

「う、うん。ポケットに入っているけど……」

「失礼します」

真子は、ツヨシのポケットに手を突っ込んだ。心臓がバクバクする。好きな男のポケットに手を入れるなんて、殺人鬼と戦うより、よっぽど緊張するではないか。

「早く言いなさい！」ライターを取り出し、山倉信男の耳を炙った。

「ギャアア！」山倉信男が悲鳴を上げる。

「早く！」ライターの炎をさらに強くする。

完全に八つ当たりだ。ツヨシとの恋がうまくいかないことへのフラストレーションを山倉信男にぶつけてしまっている。

「桃山家の……トップなんて知りません……」山倉信男が泣きながら答える。涙と鼻水と血で顔面がぐちゃぐちゃだ。

「桃山家の屋敷は？」

「世田谷です……」

「ここから車で何分よ？」

「そんなの……わかりませんよ……」

かに暮らそう。

「だいたいでいいから！　泣くな！」山倉信男の耳を摑み、怒鳴ってやった。

絶対、ツヨシはどん引きしている。怖くて、ツヨシの顔を見ることができない。

「今すぐそこに連れていけ！」真子は、山倉信男の髪の毛を摑み、階段を上がった。もう、こんなことは早く終わらせたい。東京はもう嫌だ。早く、宮城に帰ろう。地元で静かに暮らそう。

駅前にいたカップルにお願いして降りてもらい（決して脅したわけじゃない）、借りた（決して奪ったわけじゃない）キューブに乗って、四十五分後。巨大な屋敷の前に着いた。格式のある古い家だ。

「着きましたけど……あの……僕は……」山倉信男がオドオドと喋りだす。「帰ってもいいですか？」

「いいわけないでしょ！」真子は、逆水平チョップで山倉信男の喉を痛打した。

ぐしゃりと嫌な音がする。もしかすると首が折れたかもしれない。もうどうでもいい。殺人鬼が死のうが知ったことではない。山倉信男は、泡を吹いて失神している。

「降りるわよ」真子は運転席のドアを開けた。

「待ってくれ」後部座席のツヨシが真顔で言った。「昨日の夜、予知夢を見たんだ」

今朝は夢を見なかったって言っていたのに……。真子は、ツヨシが隠しごとをしていたことにささやかなショックを受けた。

「どんなヴィジョンが見えたの？」

「……俺が殺される」

頭の中が真っ白になった。「詳しく教えてよ」

「あんまり言いたくない……」ツヨシの顔が青くなる。

「教えてくれなくちゃ対処の方法が考えられないでしょ」

「……やっぱり、あの屋敷に突入するわけ？」

「当たり前でしょ。何のために、ここまで来たのよ」

「そうだけど……俺が死ぬってわかってるんだし……」

「だから、対処して私が守ってあげるって言ってんの」

「でも……わざわざ危険に飛び込んでいかなくても……」

ツヨシが口をモゴモゴさせた。どうしても、屋敷に入りたくないようだ。

「東京が火の海になるんでしょ？」

「まあ……」ツヨシが覇気のない声で答えた。

「そうなったら、どうせ死ぬんじゃない」

「まあ……」さらに声が掠《かす》れていく。

「たとえ、ツヨシさんが運良く生き残ったとしても、大勢の人間が死ぬことになるんでしょ？」

「まあ……」

なんだか腹が立ってきた。「まあ……しか言えないのか！」

「お、大声を出すなって。屋敷の前なんだぞ」ツヨシが、小声でビクつく。

「だったら、早く予知を話してよ」

「わかったよ……」ツヨシが渋々と話し出した。「首を絞められて殺される」

「首を？　誰に殺られるの？」

「わからない……」

「どうして？　予知したんでしょ？」

「背後から、針金みたいな物で絞められたから。もしかしたら、ピアノ線かもしれない」

「攻撃される方法がわかってるなら簡単よ。後ろに気をつけとけばいいの」

「ムチャを言わないでくれよ！　俺、普通の一般人だよ？　しがない純喫茶のマスターだよ？」

体が自然に動いた。

真子は、ツヨシにキスをした。ツヨシが目を丸くして驚く。

全身の血が煮えたぎるように熱い。生まれて初めて、自分からキスをした。恥ずかしくて死にそうだ。

「どういう……あれで……あの……」

ツヨシが混乱している。当たり前だ。今から、殺人鬼の巣窟《そうくつ》に突入しようというときに、唇を奪われたのだから。

「好きです」真子も混乱していた。今、告白してどうするんだ。

「そうだったんだ……全く気づかなかった……あの……真子ちゃん、俺、娘もいるし……死んだ妻のことをまだ……」

「いいの。返事が聞きたかったわけじゃないから」なんだか泣けてきた。「ツヨシさんは、キリコちゃんの元へ帰って」

「えっ？……いいの？」

「自分が死ぬとわかってて、戦えるわけないもんね」真子は車のキーをツヨシに渡した。

「……俺も戦うよ」

「足手まといなの」

真子は、ツヨシに背を向けて屋敷へと歩きだした。

なんで、失恋したてホヤホヤの女が戦わなくちゃいけないのよ。そもそもツヨシが駅まで迎えにきたから、ここに来る決心をしたのに……。駅のホームでツヨシを見たときに、心臓がびっくりするほど跳ね上がったのを思い出した。なんだか自分が何のために戦うかわからなくなってきた。

真子は、屋敷を睨みつけた。こいつらのせいで、失恋したのだ。人の恋路を邪魔するものは、全員、ボコボコにしなければ気が済まない。

門には、監視カメラが付いている。真子は屋敷の裏手に回り、外壁に飛びついた。ツヨシの声が聞こえたような気がしたが気にしない。

ここからは、男に頼らない。自分一人で片をつける――。

外壁の上に上がってびっくりした。どれだけ広いのよ。

真子は、桃山家の庭に飛び下りた。ど真ん中に巨大な池がある。その大きさだけで、真子が住んでいる部屋ぐらいはありそうだ。

あれって、茶室？　蔵もあるし……。

池に近づいた。高そうな錦鯉《にしきごい》がウヨウヨと泳いでいる。鹿威《ししおど》しが、カポンと鳴った。時代劇に出てきそうな家だ。侍が刀を振り回して、出てきても違和感がない。

真子は、体勢を低くして庭を横切った。人の気配がしない。真子の潜入には気づいていないのだろうか。もしくは、とっくに察知されていて、待ち構えられているのか。

さすがに、緊張してきた。深く息を吸い込み、心を落ち着かせる。

よしっ。いける。心拍数がすっと下がった。

塀伝いに走り、屋敷の裏に回り込んだ。背筋が寒い。桃山家にどこからか監視されているような気がしてならない。

どこか、屋敷に入れる場所はないか？　ちょうどよく小さな窓が開いている。たぶん、トイレだ。あそこから入ってみるか……。でも、こんな都合よく窓が開いてるなんて、もしかすると、罠かもしれない。

まあ、そのときは、そのときよ。ツヨシの予知では、真子が殺されるとは出ていない。その言葉を今は信じるしかない。

真子は、小さな窓に手をかけた。

29　潜入

真子は、ゆっくりとトイレのドアを開けた。おばあちゃん家《ち》の匂いがする。

廊下を確認した。長くて暗い。相変わらず人の気配はしない。忍び足で、廊下を歩く。床が鳴った。思わず足を止めてしまう。昼間だというのに、家の中が暗い。

桃山小夜は、どこにいる？　桃山家の当主だ。山倉信男が口を割った。

その女を殺すのか？　自分でもわからない。私は、一体、何がしたいの？　わからない。

とにかく、終わりにしたい。ただ、それだけだ。どうするかは、桃山小夜に会ってから決めよう。

突き当たりの部屋の襖が開いていた。中を確かめる。落ち着いた和室だ。

何、あれ？　畳の上に何かがある。携帯電話だ……。

部屋の中に入り、携帯電話を拾った。画面に、文字がある。メールの途中だ。

《桃山家へようこそ。大星様》

罠だ！　首すじにチクリと痛みが走る。しまった……。慌てて、首を触る。何かが刺さった。後ろを振り返った。誰もいない。いや、いた。天井の隙間に頭が見えた。老婆が、逆さまになりながら、吹き矢を構えている。

目が霞み、足がふらつく。全身が痺れてきた。やられた。立っていられない。真子は、畳の上に膝をついた。

老婆が、天井からふわりと降りてきた。超人的に身が軽い。

「お待ちしてましたよ」老婆が笑った。真子よりも背が低い。顔中が皺だらけだ。「小夜様に会いにきたのじゃな？」

なぜ、知っている？　山倉信男は、車の中で気を失っている。誰が連絡した？　猿渡か？　杏理か？　それとも愛子か？　裏切り者は誰だ……？

「お休みなさい」老婆の声が遠くから聞こえる。

真子は、眠りにおちた。


空を落ちている。

これは夢なんだとすぐにわかった。

飛行機から突き落とされでもしたのだろうか。雲を突き破り、真っ逆さまに落ち続けている。いつまで経っても地面に激突しない。下に見える車や人々は米粒のように小さいままだ。

カラスが一羽、飛んできた。真子の目の前で止まり、くちばしをパクパクと動かして話しかけてきた。

「そろそろ起きてください。大星様」

うるさい！　カラスを追い払おうとしたが、手が動かない。足もだ。体が蓑虫《みのむし》になってしまったかのようだ。動けない……助けて……。

――目が覚めた。

「おはようございます」

逆さまの老婆が挨拶をしてきた。頭に血が溜まって重い。

逆さまなのはこっちのほうだった……。頭のすぐ上に畳がある。手と足が縄で縛られて動けない。腹筋を使って足元を見た。天井の梁《はり》に縄で体を吊《つ》られている。

……どうやって？　部屋には老婆一人しかいない。一人でここまでやったのだろうか？

「大星様は勇気がおありじゃな。単独で、我が桃山家にやってくるとは見上げた度胸じゃ。お仲間に裏切られたのかえ？」老婆の口から腐った色の歯茎が覗く。

「縄を……ほどけ……」頭が痛くて割れそうだ。うまく言葉が出ない。

「そういうわけにはいかんのじゃ」老婆がニタリと笑い、真子の体を押した。

「……やめろ！」真子の体が振り子のように揺れる。苦しい。吐きそうだ。

「もっと揺らしてやろうかの」老婆が足で真子の顔面を蹴った。

「ガハッ！」

老婆が笑いながらさらに蹴ろうとする。真子は口を開けて足に噛みつこうとした。

「おっと危ない」老婆がひょいと足を引っ込める。

「ほどけ！　殺すぞ！」

「そう、わめきなさんな。今、ほどいたらせっかく縛りあげた意味がないじゃろうが。全く」老婆がブツブツ言いながら視界から消える。

どこだ？　何をする気だ？

押し入れが開く音がした。続いて金属音がする。

鎖鎌《くさりがま》を持った老婆が視界に戻ってきた。「山倉信男様をどこにやったのじゃ」

「知らないわよ……」

老婆が鎖鎌の刃で、真子の頰を撫でた。

「おやめ」

若い女の声がした。

「さ、小夜様。いつお帰りになったのですか？」老婆が、慌てて真子から離れる。

和服を着た美しい女が視界に現れた。「誰がこのような真似をしろと言った？」

「しかし、この女は小夜様を殺しにやってきたのでございます」老婆が、かしこまって畳の上に正座をする。

「縄をほどけ」小夜が言った。

「は！」老婆が真子を吊っている縄を鎖鎌で切った。真子の体が畳の上に落ちる。残りの縄も手際よくほどかれた。

「そなたの名は？」小夜が訊いてきた。この世のものとは思えない美しさだ。白い肌、長い睫毛《まつげ》……。富士額に見とれてしまう。もし、かぐや姫が実在したらこんな感じなのだろうか？

「はよう、答えろ！」縄をほどく老婆に一喝された。

「大星真子……」真子は憮然《ぶぜん》とした態度で答えた。

「あの男と恋仲なのか？」小夜が質問を続ける。

「あの男って？」

「小夜様に向かって、その口の利き方はなんじゃ！」老婆が、鎖鎌をかまえようとする。

「婆や！」小夜がピシャリと言った。

「……かしこまりました」老婆が忠実な犬のように鎖鎌をおろす。

小夜が真子に向き直る。「あの男とは梶原ツヨシのことだ」

恋仲って……。この言葉自体がどこからどこまでを指すのかがわからない。

縄が完全にほどけた。真子はあぐらをかいて畳に座った。

「恋仲なんかじゃない」ただ一方的に告白しただけだ。

「じゃあ、どのような関係なのだ？」

「バイト先の店長だったけど……今は、他人」

「ツヨシの能力はいつ覚醒した？」

「私に訊かれても知らない」

「そなたと会う前から予知はしていたのか？」

「……パチンコで勝つぐらいならって言ってた」

「桃山家や猿渡と接触することで能力が開花していったのか？」

「知らないってば！」苛ついてきた。この問答は一体なんだ？

「もしツヨシが超能力者として優秀なら生かしてやる」小夜が静かな声で言った。老婆がうんうんと頷く。

「ずいぶんと偉そうね？　神様にでもなったつもり？」

「神ではない。桃山家の当主だ」

「あ、そう。それがどうしたの？　馬鹿じゃない？」真子はわざと挑発した。小夜の冷徹な仮面を剝ぎ取りたくなったのだ。

しかし、挑発は失敗だった。老婆さえも反応しない。

「そなたに、わらわの苦しみはわからん」

「わかりたくもないわ」

「生まれた瞬間に桃山家の呪われた運命を背負わなくてはならないのだ」

「運命？　その言葉でなんでもかんでも済ませられると思わないでよ」

小夜が初めて笑った。あまりの妖《あや》しい美しさに真子の背筋がゾクリと寒くなる。

「この世は運命こそがすべてなのだ。そなたがツヨシと出会ったのも、この屋敷に来たのもすべて運命が起こしたこと」

小夜がすっくと立ち上がった。老婆も続けて立つ。

「ツヨシの能力が桃山家に欲しい」

「残念ね。もう遠くまで逃げてるよ」

やはり、一人で潜入して正解だった。

「ここに呼び寄せるのじゃ」老婆が携帯電話を真子に差し出した。

「呼ぶわけねえだろ！」

「これでもか？」小夜が、パンパンと手を叩いた。

真子の後ろの襖が開き、黒スーツの男たちがキリコと旬介を連れてきた。二人とも手錠に猿ぐつわをかまされている。

「また会ったな」

黒スーツの後ろから猿渡が顔を出した。

30　運命

「アンタが裏切り者だったの……」真子は猿渡を睨みつけた。

「まあね。わかんなかっただろ？」猿渡が挑発的に鼻を鳴らす。

「あの二人の女はどうなったのよ？」

杏理と愛子のことだ。

「俺が始末しといたよ。手間が省けて助かったろ？」

「……それでも刑事なの？」

「刑事の前に猿渡家の人間だ。ただ、その前に……」

「私の夫なのよね」

猿渡の後ろから、さらに女が出てきた。

「鳥飼鳴美。俺の妻だ」猿渡が紹介した。

「とりあえず、アンタたち、ひとかたまりになってくれる？　そんなとこに突っ立ってても邪魔なだけだから」

鳴美が、キリコと旬介を蹴り飛ばした。

二人が、真子の前に転ぶ。キリコも旬介も顔が真っ青だ。

「梶原ツヨシはいたのかい？」老婆が、鳴美に訊く。

鳴美は、首を振って答えた。「逃げられたみたい。得意の予知で危険を察知したのかもね」

「ここまで罠をしかけながら何てざまじゃ」

「すいません。私と猿渡のミスです」鳴美と猿渡が頭を下げる。

「だから言ったろう。最初から力ずくで拉致すれば早かったのじゃ」老婆がダメ出しをはじめる。

「そこまでにしとけ」小夜が老婆を止める。「梶原ツヨシは、自分の危険が迫ると能力が研ぎ澄まされる。味方と信じさせる必要があったのだ」

猿渡が、そうだと言わんばかりに頷く。

やっと、猿渡の狙いがわかった。桃山家は山倉信男ではなく、ツヨシを狙っていたのだ。

「過ぎたことを悔やんでも仕方がない。次の手を打て」

「かしこまりました」老婆が鎖鎌を手に取り、キリコと旬介に近づく。

「やめろ！」真子は、止めようとしたが、黒スーツの銃口がこっちを向く。

「まだ殺しはせん。大事な人質じゃ」老婆が、真子を見てニタリと笑う。

「何をする気なの？」

「タイムリミットを設けるのよ」代わりに鳴美が答えた。

老婆がキリコの手を取り、鎖鎌の刃で手首の血管を切った。

「むごぉー！」猿ぐつわ越しに、キリコが叫ぶ。

老婆が、間髪入れずに、旬介の手首の血管も切る。

「むがっ！　むがぁー！」旬介も叫び声を上げる。

畳の上に、キリコと旬介の血が垂れる。

「一時間じゃな」老婆が満足そうに頷いた。「それまでに病院に連れていかねば二人とも死ぬぞ」

「私にどうしろって言うの……」

「ここにツヨシを連れてくるのじゃ」

キリコと旬介を見た。キリコがダメだと首を振る。

真子はゆっくりと立ち上がった。

「待っていて。絶対に、戻ってくるから」

桃山家の屋敷を出て携帯電話をかける。

ツヨシは出ない。呼び出し音は鳴るが、出てくれないのだ。真子は舌打ちをして、もう一度、ツヨシの番号にかけた。やはり出ない。

……ヤバい。タイムリミットは一時間だ。このままでは、キリコと旬介を見殺しにしてしまう。

ツヨシなら、どこに逃げる？　すでに、東京にいないのかもしれない。

全く見当がつかない。よくよく考えたら、ツヨシのことは何も知らないのだ。

どうすればいい？　どうすればツヨシと連絡が取れる？

ツヨシは、未来が見える……。ならば、今から真子が行く場所を予知して待っているのではないか？

きっと、キリコと旬介のピンチも予知できているはずだ。都合のいい考えかただが、それしか思いつかない。迷っている暇はない。時間が迫っている。信じるしかない。ツヨシが待っていることを祈るしかない。

どこに行く？　時間的に、行けても一カ所が限界だ。悩んでしまう。この決断に悩めば悩むほど、ツヨシの予知を混乱させてしまうかもしれない。

いや、すでに、ツヨシは予知をしているのだ。自分が選ぶ場所は、もうすでに運命によって定められている。

運命……ツヨシの喫茶店の名前も《純喫茶デスティニー》だった。決めた。《デスティニー》へ行こう。

もう。迷わない。真子は、自分の頬をぴしゃりと両手で叩き、走り出した。タクシーを止めて乗り込み、運転手に告げた。

「吉祥寺まで。ぶっ飛ばして！」


吉祥寺駅の南口に着いた。

タクシーを降り、駅へ向かって猛ダッシュで走る。携帯電話で残り時間を確認する。四十五分を切っていた。

キリコ……旬介……死なないで。絶対に戻るからね。心の中で何度も何度も呟いた。駅を抜け、北口から走って五分ほど離れた住宅街に《純喫茶デスティニー》がある。走り過ぎて心臓が痛い。

何よ……これ？　真子は、《純喫茶デスティニー》を見て愕然とした。入口が破壊され、店内もメチャクチャになっている。

一瞬、桃山家の奴らに先回りをされたのかと思った。しかし、近所の雰囲気から、それは感じられない。明らかに、ずいぶん前に破壊された跡だ。

何があったのよ……。真子は、《純喫茶デスティニー》に足を踏み入れた。ガラスの破片が床に飛び散っている。

誰もいない。ここに来れば、ツヨシに会えると思っていたのに……。

携帯電話で時間を確認する。残り時間は四十分を切った。……ダメだ。もう間に合わない。

私のせいであの子たちが殺されてしまう。悔しくて、涙が溢れてきた。運命を信じた自分が馬鹿だった。自分で二人を助けに行くしかない……。

警察に連絡することも頭を過ったが、相手は桃山家だ。それは通用しないだろう。返り討ちにあうことを覚悟で、あの屋敷に戻る。

帰ろうと、《純喫茶デスティニー》を出ようとしたそのとき、水が流れる音がした。

……トイレ？　真子はカウンターの横にあるトイレを見た。

ドアが開いた。

「あっ。真子ちゃん。やっぱり来てくれたんだ」ツヨシが、ベルトをカチャカチャ直しながら出てきた。

運命の再会。……だけど、どれだけ様にならない登場の仕方だろう。

「私がここに来ることがわかってたの？」

ツヨシが頷く。「キリコと旬介が拉致されるのもわかってた」

「じゃあ、どうして助けないのよ！」

「無理に助けたら、全員殺されるヴィジョンが見えた」

たしかに、そのとおりだ。予知しかできないツヨシに助けようはない。

「吐き気が止まらないんだ」

「どうして？」

「ヴィジョンが次から次へと頭の中に現れるんだよ」ツヨシが、口元を拭った。「今から俺たちの反撃だ」


タクシーを拾い、再び世田谷に向かった。

「もし、私が来なかったら、どうするつもりだったのよ？」真子は、となりに座っているツヨシに訊いた。

「絶対に来ると信じていた」

「……何よ、それ？」

恋愛映画のようなセリフに、思わず照れてしまう。が、照れている場合ではない。相手は、人を殺しても罪に問われないほど強大な集団なのだ。

「キリコと旬介はどうなった？　老婆に手首の血管を切られただろ？」ツヨシが言った。

「そこまで見えたの？」

「ああ。二人が死んだヴィジョンまでは見えなかったけど……無事なのか？」

「無事ではないよ。二人ともかなり怯えてた」

ツヨシは心配そうに顔を歪めた。「二人には、ある程度、説明してある」

「ある程度ってどの程度？」

「……拉致されて、軽く監禁されるって言った」ツヨシが、自分で自分の言葉に不安になっているのがわかる。

「どうやって反撃するの？」

「もう手は打ってある。成功すれば、奴らにかなりの打撃を与えられるはずだ……。キリコたちがうまくやってくれればの話だが……ただ、問題もある」ツヨシがモゴモゴと呟く。不安な顔は変わらない。いや、さっきよりも深刻な表情になった。


また、桃山家の屋敷に戻ってきた。

昼間だというのに、屋敷の周りだけどんよりと暗い。ここに来るまで、タクシーの中で綿密に打ち合わせをした。ツヨシの作戦どおりに動けばたしかに打撃を与えられる……。しかし、リスクも大きい。

二人の呼吸が合わないと、キリコたちは助けられない。下手すれば、全員死んでしまう可能性もある。

「まず、俺を殴ってくれ」ツヨシが頬を差し出した。「俺を捕まえたことにするんだろ？　傷があったほうが向こうに疑われない。遠慮せずに殴ってくれ」

「うん。わかった」真子は遠慮せずに、拳でツヨシの鼻を殴りつけた。

ツヨシが鼻をおさえて、引っくり返る。

「は……鼻かよ……」ツヨシの指の間から、鼻血が流れ出る。

「だって、遠慮するなって言ったから……」

「いいよ。気にすんな。奴らを騙《だま》すためだ」

胃がキュッと縮こまってきた。いよいよ、最終決戦だ。

「問題を教えて」

「何の話だ？」ツヨシがとぼける。

「もう一回殴って欲しいの？　さっきタクシーの中で、問題があるって言ってたじゃない」

「ああ、あれね……たいした問題じゃないよ」

「どんなヴィジョンが見えたの？」

ツヨシが覚悟を決めた顔で言った。「俺の右腕が切り落とされる」

「……嘘でしょ？」

「気にするな。死ぬわけじゃない」ツヨシが、屋敷に向かって大股で歩きはじめた。

ちょっ……ちょっと！　真子は、思わず大声を出しそうになった。ツヨシが、玄関から堂々と屋敷に入ろうとしているではないか。

正攻法にもほどがありすぎる。玄関先に備え付けられている防犯カメラが動いた。ダメだ……。ツヨシの姿をバッチリ撮られてしまった。

真子は舌打ちをし、ツヨシのあとを追った。

「何を考えてんのよ」真子は小声でツヨシに言った。

「俺を連れてこいって言われたんだろ？　こうするのが一番自然だ」

ツヨシの言うとおりだ。あれだけ車の中で作戦を練ったのに、真子はまだ奇襲をかける気でいた。

「真子ちゃんは無理しないでくれ」ツヨシが屋敷の呼び鈴を押した。

反応がない。もう一度押したが、誰も出てこない。

「勝手に上がれってことか……」ツヨシが、玄関の戸に手をかけた。鍵はかかっていない。

真子とツヨシは警戒しながら、屋敷の中に足を踏み入れた。

「奴らはどこにいるんだ？」ツヨシが囁くような声で訊いてきた。

「たぶん……一番奥の和室にいると思う」

真子が老婆に捕らえられた部屋だ。ツヨシが、三和土で律儀に靴を脱ぎ、廊下を歩き出した。

「靴、脱ぐの？」

「捕らえられたのに土足で上がるのはおかしいだろ」

真子も慌ててスニーカーを脱いだ。長い廊下を渡り、一番奥の部屋の前で足を止めた。

「梶原ツヨシを連れてきたわよ！」真子は、襖に向かって言った。

ゆっくりと襖が開いた。開けたのは老婆だった。「入れ」老婆が言った。

小夜が、部屋の中央で正座をして待っていた。真子とツヨシが和室に入る。キリコと旬介がいない。猿渡と鳴美の姿も見えない。

「座れ」老婆が命令を続ける。

ツヨシは小夜の前にあぐらをかいた。真子は仕方なしに正座をした。

「キリコと旬介はどこだ？」ツヨシが小夜に向かって言った。

「無礼者！　勝手に口を開くでない！」老婆が鎖鎌を手に怒鳴る。あの武器で、ツヨシは腕を落とされるのだろうか。

小夜が手で老婆を制した。

「娘を返せ」ツヨシが低い声で言った。

「それはあなたの心しだいです」小夜が静かな声で答える。

ツヨシが、畳の上にこびりついている血を横目で見た。キリコと旬介のものだ。

「……どうすればいいんだ？」

「桃山家に入ってもらう　小夜様と契りを結ぶのじゃ」老婆が代わりに答える。

「もし、断ったら？」ツヨシが訊いた。

小夜が微笑んだ。「娘は永遠に戻っては来ぬ」背筋が寒くなるほど冷たい笑いだ。

「なら、俺が自分で取り返す」ツヨシも笑い返した。

「負けを認めよ。世の中には逆らえぬ運命というものがあるのだ」

「じゃあ、その運命を変えてやるよ」

ツヨシの言葉に老婆がケタケタと笑う。小夜もつられて声を出して笑った。

次の瞬間、けたたましいベルの音が鳴った。

「へえ。こんな古い屋敷なのにセコムなんだ」ツヨシが勝ち誇った顔で笑う。

「小夜様！」猿渡が青い顔で襖を開けた。

「何事だ？」

「……お逃げください」猿渡はひどく動揺している。

「何事だと訊いておるだろう！」

「火事です。キリコと旬介を閉じ込めていた部屋から火が……」

「何じゃと……」老婆が立ち上がった。「ガキどもは？」

「それが……その……」猿渡が口ごもる。

「さっさと答えい！」

猿渡を押し退《の》け、鳴美が顔を出した。「申し訳ございません。逃げられました」

……キリコと旬介が逃げた？　どうやって？

真子は横目でツヨシを見た。ツヨシは、ニンマリと笑って真子を見返す。

「この、たわけが！」老婆が、手元にあった湯飲み茶碗を猿渡に投げつけた。

茶碗が猿渡の額に当たり、畳の上を転がる。

「取り乱すでない」小夜が老婆を制する。

「しかし……」

「くどいぞ！」食い下がろうとする老婆を小夜が一喝した。

「火が回る前にここをお離れになってください」鳴美が、小夜に頭を下げた。

小夜が立ち上がり、部屋を出ようとする。

老婆も立ち上がり、真子たちを見た。「小夜様、こやつらをいかがいたしましょう」

「梶原ツヨシは連れていく」

「大星真子のほうは？」

「鳴美に始末させよ」

老婆が鳴美を見て、頷いた。「かしこまりました」

鳴美が再び頭を下げる。

「任せたぞ」老婆と猿渡がツヨシを挟み、小夜たちは部屋を出ていった。

真子と鳴美が二人残される。

「ご苦労さま」鳴美は懐から銃を出し、真子を見下ろした。

「何がご苦労さまなわけ？」

「梶原ツヨシを連れてきてくれたからよ」

真子は畳に座ったまま、鳴美を睨みつけた。

「……その銃で山倉信男たちを殺したの？」

「そうよ」

「アンタも殺人鬼の血を引いてるの？」

「まさか」鳴美が鼻で笑う。

「じゃあ、なんで人を殺しまくってるの？」

「それが使命だからよ。私の家系は代々桃山家に仕えることで続いてきたの」

「運命には逆らえないってやつ？」真子が笑い飛ばした。

「アンタが死ぬのも運命ってやつね」鳴美が、真子の額に銃口を向けた。

「死なないわよ」真子が鳴美を睨む。「私が運命を変えてみせる」

「すごい台詞」鳴美が引き金に指をかけた。

その瞬間、真子は正座をしたまま、鳴美の足に低いタックルをしかけた。得意の柔道技、朽木倒しだ。

発砲音。鳴美が受け身を取れず、後頭部を畳で打ちつけた。畳の上なら、誰にも負けない。寝技の流れるような動きで、銃を持つ手を摑み、両手で手首をロックした。手首を捻り上げ、天井に向ける。ボキリと鈍い音がした。

「ギャア！」鳴美が悲鳴を上げ、銃を落とした。

そのまま後ろに回り込み、三角絞めで頸動脈《けいどうみゃく》を絞め上げる。鳴美が、ジタバタと手足を動かしながらもがく。無駄だ。この技はこうなったら絶対に外せない。

数秒後、鳴美の全身の力が抜けた。真子は立ち上がり、白目を剝いて失神している鳴美を見下ろした。

ここまではぴったりとツヨシのヴィジョン通りだ。手錠を外したキリコと旬介が火事を起こすことから、すべて当たっている。手錠の形まで見え、鍵まで用意していた。

ただ、ヴィジョンで見えたのはここまでだった。どうやってツヨシの腕が落とされるかまでは教えてくれなかった。『鳴美を倒したら、一人で逃げてくれ』と言われた。

逃げる？　そんなわけないでしょ。

真子は部屋を出て、連れ去られたツヨシを追って廊下に出た。

ツヨシはどこだ？　どこに連れ去られた？

二階から煙の臭《にお》いがする。逃れたキリコたちが火をつけたのだ。ツヨシは、この屋敷にはいないはずだ。火事で焼けていく屋敷から、小夜と一緒に連れ出されたに違いない。外だ。真子は玄関に向かって走った。遠くから消防車のサイレンの音が聞こえてくる。パトカーの音も聞こえてきた。予想よりも火が回っているようだ。

真子は舌打ちをし、部屋に戻った。鳴美が、白目を剥いて畳の上で倒れている。

「起きろ！」真子は、平手で鳴美の頬を張った。

「ん……う……」鳴美が呻き声を上げ、薄く目を開ける。

「立て！　焼け死ぬぞ！」真子は、髪を摑んで鳴美を引き起こした。鳴美は意識が朦朧として、まともに立てない。鳴美を無理やり背負い、部屋を出る。

どうして、自分で失神させた相手を運びださなくてはいけないのか？　しかも、鳴美は重い。

鳴美を引きずるようにして廊下を渡り、玄関を目指す。バチバチと二階から燃えている音がする。ヤバい。煙に巻かれたら終わりだ。このままでは、二人ともやられてしまう。

一瞬、この女を置き去りにしようかという思いが頭を過った。

が、そんなことできるわけがない。まだ、刑事魂が残っているみたいだ。真子は、歯を食いしばって鳴美を抱え上げた。

「な……なにしてんの……」鳴美が意識を取り戻した。

「見ればわかるでしょ。アンタを助けてやってるのよ」

「やめろ……」鳴美が、手足をバタつかせて抵抗したが、真子はかまわず前へと進んだ。

「放せ！」真子の首に痛みが走った。

首を噛まれた？　真子は、思わず、鳴美を放した。

鳴美が、廊下に尻餅をつく。真子は、首筋を指で触った。生ぬるい感触。出血している。

「お前なんかに助けられるぐらいなら、死んだほうがマシだ」鳴美が、ゆらりと立ち上がった。まだ、足元がおぼつかない。

真子は、鳴美の目に執念を感じた。「何がアンタをそうさせるの……死んでしまったら意味がないじゃない」

「小夜様をお護《まも》りできないのであれば、死を選ぶ」鳴美は、スーツのパンツの裾を上げた。

足首のホルダーにナイフを隠していた。

「邪魔をするな」ナイフをかまえ、ジリジリと下がっていく。

「まだ、やる気？　いいかげん、負けを認めなさいよ」

鳴美が、ふっと笑った気がした。

「戦う気はない」鳴美は、後ろ向きで階段を上がっていった。

「どこ行くのよ！」

「近づくと刺す」

「死ぬ気なの？」

「だから、言ったろ。死を選ぶって」

「狂ってる……」

「私はそうは思わない。ただ、当たり前のことを当たり前として生きてきた。私が、桃山家に仕える家に生まれたのも運命なのだから」

また、運命……。うんざりする。

「私は、運命なんか知らない。その逆を生きてやる」

「お前は、気がついていないだけだ」鳴美が、今度は間違いなく笑った。「お前こそが、運命に翻弄《ほんろう》されている人間だ」

鳴美が、残りの階段を走って上っていき、火の中に身を投げた。

死ななくてもいいじゃない……。真子は目を細めて、鳴美が突っ込んでいった炎をみつめた。本来なら理解できない行動だ。しかし、自分の生き方を決して変えることのできない鳴美に共感している自分がいた。

鳴美は、真子に助けられるという運命に逆らい、死を選んだ。自分で自分の運命にケリをつけたのだ。

火の勢いが増してきた。煙も凄い。ぼやぼやしていたら、こっちまでやられてしまう。真子は、玄関に向かって走り、屋敷から出た。

振り返ると、轟々《ごうごう》と音を立てて、屋敷が燃えている。消防車とパトカーのサイレンが近づいてきた。ヤジ馬も集まってきている。

ツヨシは、どこに連れていかれた？　真子は、屋敷のガレージに回った。車がない。慌てて逃げたのだろう。シャッターが開いたままだ。

真子は、大通りへと走った。そこで、タクシーを拾い、乗り込んだ。

「どちらまで？」運転手の問いに、答えられない。

どこだ？　どこに行けばいい？

「お客さん、どうしました？」初老の運転手が、訝しげな目で真子を見る。

冷静になれ。考えろ。ツヨシは、小夜と老婆、そして猿渡に連れ去られた。あのメンバーの中で、車を運転するのは、猿渡に違いない。猿渡ならどっちを選ぶ？大通りの東か……西か……。東に行けば都心。西に行けば多摩川を越え、神奈川県に入る。

西だ。逃げる者の心理では都心に向かわない。完全な直感だが信じるしかない。

「このまま、真っ直ぐ行ってください」真子は運転手に告げた。

「はあ……」運転手は、憮然とした態度で、タクシーを発進させた。

……本当に、この方向でいいの？　だんだん不安になってきた。二分の一の確率だが、もし、逆に進んでいれば、二度とツヨシに会えない。それに、方向があっていたとしても、ツヨシの行方がわかっているわけではないのだ。

「ありゃ、渋滞だよ」運転手がぼやいた。

「えっ？　この通りって混むんですか？」

「今の時間では珍しいけどね……事故でもあったんじゃない？」

真子は、思わず舌打ちをした。ジリジリと焦りがつのってくる。こうしている間にもツヨシとの距離が開いていく。

「ほら、やっぱり事故だ」

五分ほど走ったあと、運転手が言った。

通りの真ん中で、ベンツがひっくり返っている。他の車は、徐行しながらベンツを避けているので渋滞になっていたのだ。

ベンツから少し離れたガードレールが破損しているのが見えた。

「なんで、こんな場所で単独事故を起こしてんだ？　居眠り運転か？」運転手が迷惑そうに言った。

ツヨシだ。真子は確信した。連れ去られたツヨシが、ハンドルを無理やり切ったのだ。

「降ります！」真子は、叫んだ。

「えっ？　あ、はい」

「お釣りはいりません！」戸惑う運転手に二千円を渡し、真子はタクシーを降りた。

ひっくり返っているベンツに近づき、中を覗く。誰も乗っていない。車の損傷がひどい。フロントガラスも粉々だ。

無傷では済まなかったはずだ。真子は、アスファルトの上を探した。

あった！　血痕が点々と続いている。誰の血かはわからない。けど、ツヨシの血のような気がする。

いや、きっとそうだ。真子は、血痕を追った。

31 決着

血痕は、大通りから、住宅街へと続いていた。

かなりの出血だ。もし、これが、ツヨシの血だったら……。みぞおちが痛くなる。真子はツヨシの言葉を思い出した。

『俺の右腕が切り落とされる』

今は、その予知が当たっていないことを祈るしかない。真子は、血痕を見失わないように走った。

イタリアの旗が見える。住宅街の真ん中に、小さなイタリアンレストランがあった。《デスティーノ》と看板が出ている。血痕は、店の入口で途切れていた。

……この中に入ったのか？　ドアには、〝CLOSED〟のフダがかかっている。真子は、ガラスの隙間から店内を覗き込んだ。暗くて中が見えない。

ここにいるのは間違いない。車を失った猿渡たちは、態勢を整えるために、立て籠《こ》もっているのだ。

店が開いているのを見て、飛び込んだとしか考えられない。イタリアンレストランの従業員や客が人質に取られている可能性も高い。

……警察に連絡をするか？　いや、警察はまずい。桃山家の味方でしかない。腹を括《くく》れ、ここは一人でカタをつけるんだ。

真子は鼻から大きく息を吸い込み、気合を入れた。小細工はしない。正面突破だ。ゆっくりとドアを開ける。

「よくここがわかったな」

店の奥に、猿渡が立っていた。手には銃が握られている。猿渡の後ろに、階段がある。

「ツヨシさんは二階にいるの？」

猿渡はニヤけるばかりで答えない。真子は質問を続けた。

「ツヨシさん以外にも人質を取ってるの？」

猿渡の表情で答えがわかった。

人質はいない。

「しつこい女だな」猿渡が呟いた。銃口は、常に真子の顔面を捉《とら》えている。

「刑事時代もそれがウリだったの」真子はテーブルの間を歩き、ゆっくりと猿渡へと近づいた。

「動くな」

「さっさと撃てば」

微妙な距離だ。猿渡の腕なら確実に命中する距離だろう。ただ、それは動かない的の話だ。猿渡がすぐに撃ってこないのも、そのことをわかっているからだ。あと三歩、近づきたい。そうすれば飛びかかれる距離になる。

賭けに出るしかない。真子は、猿渡の気配を読んだ。おそらく、こっちがあと一歩踏み込めば、撃ってくる。

勝負だ。真子は、地面を蹴った。真横のテーブルに足をかけ、斜め前に飛ぶ。

銃声。太股《ふともも》に激痛が走る。動きを止めるな。真子は痛みをこらえ、猿渡の手首を摑んだ。関節を捻りあげる。

「ぐあっ」猿渡が顔を歪める。

二発目の銃弾が天井に撃ち込まれる。真子は、猿渡の懐に飛び込んで襟首を摑み、腰を落とした。

この姿勢になると、体が勝手に反応してくれる。足の痛みなんて関係ない。背負い投げだ。猿渡の体が回転する。猿渡が受け身を取ろうと反応したが、無駄な努力だ。しかも、叩きつけられるのは床ではない。

ゴリッと嫌な音がした。猿渡の首が、ほぼ直角に曲がっている。頑丈なテーブルを狙って投げた。猿渡の頭が、ちょうどテーブルの角にめり込んだ。猿渡が、口から泡を吹いて気絶する。

太ももを撃たれるのは、計算済みだった。猿渡の銃口は、真子の顔面に向けられていたが、それはフェイントだと読んでいた。銃の扱いに慣れている人間が、顔を狙うわけがない。的が小さ過ぎるからだ。確実にダメージを与えるためには、的が大きい胴の部分を狙う。

真子は、銃口が顔から下がる瞬間に、テーブルを蹴って飛んだ。ふいをつかれた猿渡は、狙いを外してしまったのだ。

今の銃声で、二階の小夜や老婆は警戒しているだろう。

しかも……。真子は、太股を見た。大量の血が床を濡らしている。

……なんとか歩ける。賭けには勝ったが、代償は高くついてしまった。が、もう、後には引けない。

真子は、一段、また一段と階段を上がっていった。

二階に上がって愕然とした。

……ツヨシの右腕がなかった。ヒジから下がないのだ。

もう、切り落とされてる。ツヨシは、傷口を押さえ、真っ青な顔をしている。

「やるねえ、お主」老婆が、血まみれの鎌を持っている。その隣に小夜が立っていた。

「……猿渡を倒したのか」ツヨシが、掠れた声で言った。

真子は頷きながら、老婆の位置を確認した。ツヨシたちは店の奥にいた。真子との間に、テーブル三台分の距離が開いている。

老婆の身長は、真子よりも低いが、鎌を持っている分リーチが長い。しかも、真子は足を撃たれて負傷している。いかに戦うべきか。

ツヨシも、真子の足に気がついたのがわかった。

「真子ちゃん……俺はいいから逃げろ」ツヨシが、痛みに顔を歪めて言った。

「腕を切り落とされたの？」

「予知どおりになったよ……当たって欲しくなかったけどな」ツヨシが、自嘲的に笑った。

老婆が舌打ちをした。「この馬鹿がハンドルをつかんで離さなかったのじゃ。腕を叩き落としてやったわ」

やっぱり……。真子の予想どおり、ツヨシが自ら事故を起こしていた。でも、事故のおかげでツヨシに追いつけた。ツヨシが真子を呼んだってことだ。

「さっさとやっておしまい」小夜が老婆に命令した。

「かしこまりました」老婆がジリジリと距離を縮めてくる。

ツヨシが虚ろな目で呟いた。「投げてくるぞ……」

老婆の肩がピクリと反応する。予知？　老婆の攻撃を教えてくれるの？

「投げる……よけろよ……」

老婆が歯茎を剝き出して笑う。「口で言ってどうするんじゃ」

次の瞬間、老婆が視界から消えた。低い姿勢でテーブルの陰に隠れ、信じられないスピードで動いている。

右からくる。真子は、右手にあるテーブルに体当たりをした。タイミングよくテーブルが老婆に激突した。予知ではなく経験でわかる。右足を怪我している相手と戦うときのセオリーは、時計回りで動くことだ。老婆はそのセオリーどおりに動いている。

老婆の動きが止まった。今だ！　真子は、全身全霊で力を振り絞り、老婆に飛びかかった。

老婆が、バックステップをしながら鎌を振り下ろしてくる。

飛び込め！　鎖鎌の刃が、真子の左肩に食い込んだ。脳天まで痛みが駆け抜ける。

右手で老婆の鎖鎌を持つ腕を摑んだ。

「オラア！」

真子は雄叫《おたけ》びを上げ、鎖鎌が刺さったまま老婆を一本背負いで投げた。老婆の頭がグシャリと鈍い音を立てて床にめり込む。

勝った……。

「真子ちゃん！」ツヨシが叫ぶ。

わかってるって。真子は腰を落とし、その場にしゃがみこんだ。

頭の上でナイフが風を切った。柱にナイフが突き刺さっていた。

振り返り、小夜を見る。

「見事だ。よく、こっちを見ずにかわすことができたな」小夜が、ナイフを投げ終えたポーズのまま微笑んだ。

「ツヨシさんを信じてるからね」

ツヨシが、「投げてくるぞ」と予知したのは、小夜のナイフのことだった。

真子は、ゆっくりと小夜に近づき、拳を握った。

「歯を食いしばれ」

真子のパンチが、美しい小夜の顔面をぶん殴った。小夜が、後ろにふっ飛び、後頭部で窓ガラスが割れた。そのままの勢いで、ひっくり返り、一階へと転落していった。

「大丈夫？」真子はツヨシの元へと駆け寄った。

「大丈夫なわけねえだろ。腕を切られてるんだから」

真子は肩を貸し、ツヨシを起こした。

「歩ける？」

「なんとか……。じゃあ、行こうか」

「どこに？」

「東京医療センターだ。キリコと旬介が待ってる。俺の腕をクーラーボックスに入れてな」

「えっ……あの場所で腕を切られるって予知してたの？」

「いいや。俺が選んだ。どうせ、腕を切り落とされるなら、病院の近くがいいだろ？」ツヨシは、顔面中に脂汗を浮かべながら笑った。

「運命を変えたのね」真子も笑い返す。

「これで終わると思うか？」ツヨシは、倒れている老婆を見ながら言った。

「……終わらないと思う」

「真子ちゃん……俺と一緒に逃げてくれないか」

「……どこに？」

「どこでもいい。俺と運命を共にして欲しいんだ」

「それって……もしかして」

「ああ。プロポーズだ」

こんな血まみれの状態で？

まだ、桃山家との戦いは続くだろう。奴らは、警察をも支配下に置いている。

ツヨシと出会ったのも、争いに巻き込まれたのも、すべて、運命だ。

そして、その運命をどう変えるかは、自分次第だ。

「条件が一つあるわ」真子は、ツヨシを支えながら、ゆっくりと歩きだした。

「……なんだ？」

「私は逃げないわ。吉祥寺でまた純喫茶をやりましょう」

エピローグ

一年後
東京都武蔵野市

「ただいま！　ママ！」

キリコは《純喫茶デスティニー》のドアを開けた。

「おかえり」

真子がカウンターの中のキッチンから顔を覗かせる。

「真子ちゃん、無理しなくてもいいよ」カウンターに座っている阿部さんが、不安そうに言った。「納豆パスタぐらい自分で作るよ」

「いいえ。そういうわけにはいきません。うちの看板メニューなんだから」真子がフライパンを忙しなく振る。

真子は柔道の腕は半端ないが、料理の腕はからっきしだ。納豆パスタも十五回連続で失敗している。ママとしては頼りない。

「マスターはまたパチンコかい？」阿部さんがキリコに訊いてきた。

「そうなんです。見てのとおり、この店は阿部さんしか来てくれないんで」キリコは頭を掻いて笑った。

あの事件のあと、ツヨシと真子は結婚した。キリコは、最初は反対したが、旬介の「ま、これも運命じゃね？」という言葉で何とか諦めた。

真子は前のママとは全然違うが、決して嫌いではない。特に護身術の教え方は素晴しい。旬介が浮気をしたとき骨を折るために関節技をいくつか伝授してくれた。そもそも護身術を娘に教えられる母親なんて、あんまりいないだろう。貴重なスーパーママだ。

あれから一年経ったが、《純喫茶デスティニー》は平和な毎日を送っている。ツヨシの能力もだいぶ鈍くなり、パチンコか競馬ぐらいしか発揮する場所がない。しかも、その勝率も落ちてきて、さらに新しい副業を始めるハメになった。

「仕事を取ってきたぜい！」

旬介が勢いよくドアベルを鳴らし、店に入ってきた。

旬介の後ろに、小学生の男の子が泣きべそをかいて立っている。

「どうしたの？　僕？」真子が、カウンターから出てきた。

小学生の男の子が一枚のチラシを真子に渡す。チラシには《迷子犬　見つけてくれた方に金十万円のお礼をします》と書かれていた。可愛らしいフレンチブルドッグの写真が載っている。

「こうしちゃいられないわ。詳しく話を聞かせて」真子は慌ててエプロンを外し、小学生と一緒に店を出ていった。

「俺も手伝うよ。暇だしー」旬介もあとを追う。

新しい副業は純喫茶で探偵。今のところは、迷子の犬や猫探ししかしていない。

キリコは、いずれまた大きな事件が舞い込んでくると一人で思っていた。そんな予感が……いや、単なる勘だ。

なんにせよ、そのときにはツヨシの能力も復活するだろう。

「結局は自分で作るのかよ」

阿部さんが、ブツブツ言いながらカウンターの中に入っていった。

この作品は携帯サイト「東京24区」で連載していた「純喫茶探偵・赤星マキ」を、全面的に加筆修正し改題した文庫オリジナルです。

純喫茶《じゅんきっさ》探偵《たんてい》は死体《したい》がお好《す》き

木下半太《きのしたはんた》

平成22年8月5日　初版発行

発行人――石原正康
編集人――永島賞二
発行所――株式会社幻冬舎
〒151-0051東京都渋谷区千駄ヶ谷4-9-7
電話　03(5411)6222(営業)
　　　03(5411)6211(編集)
　　振替00120-8-767643
印刷・製本―株式会社　光邦
装丁者――高橋雅之

幻冬舎文庫

ISBN978-4-344-41518-8　C0193　き-21-6